你感觉不到我的存在

那是因为我一直都在

"大国工匠人物传"丛书

王进

行走在云端的勇士

丁秀胤◎著

中国工人出版社

图书在版编目（CIP）数据

王进：行走在云端的勇士 / 丁秀胤著. -- 北京：
中国工人出版社，2025. 9. -- ISBN 978-7-5008-8767-6
Ⅰ. I25
中国国家版本馆CIP数据核字第2025QU4747号

王进：行走在云端的勇士

出 版 人	董 宽
责任编辑	葛忠雨
责任校对	张 彦
责任印制	黄 丽
出版发行	中国工人出版社
地 址	北京市东城区鼓楼外大街45号 邮编：100120
网 址	http://www.wp-china.com
电 话	（010）62005043（总编室）
	（010）62005039（印制管理中心）
	（010）62379038（社科文艺分社）
发行热线	（010）82029051 62383056
经 销	各地书店
印 刷	宝蕾元仁浩（天津）印刷有限公司
开 本	880毫米×1230毫米 1/32
印 张	5.5
字 数	93千字
版 次	2025年9月第1版 2025年9月第1次印刷
定 价	49.00元

国之大者，工匠先行

——“大国工匠人物传”丛书总序

在中华全国总工会成立100周年之际，全国总工会宣传教育部、中国报告文学学会、中国工人出版社联合开展了“文艺工作者走基层”活动，推出“大国工匠人物传”丛书，向全国总工会献礼，向广大劳动者致敬！

“知者创物，巧者述之守之，世谓之工。百工之事，皆圣人之作也。”这是中国所见年代最早的关于手工业技术文献《考工记》中对工匠的记载。“工”之责在于造物，“匠”者为能工鼎识者也。

幼时，老家云南昆明大板桥的老街上，从南头到北头，都是大大小小的手艺人，木匠、石匠、焗匠、骟匠、竹篾匠、鞋匠、箍桶匠……空气中飘荡着木匠的刨花香和石匠敲打出来的粉尘，充满着焗匠手中皮带的“吱扭扭”声、骟匠刀下小猪猡的闷哼、箍桶匠皮锤不轻不重的敲击声。老街上的竹篾匠是我的一个表姨夫，他来自四川，有着一手出神入化的编造竹篾手艺。粗壮的毛竹是表姨夫手中的“百万雄兵”，在一把锋利无比的刀的指挥下，被劈成厚薄、粗细不一的篾。表姨夫的本领仅次于撒豆成兵的天神，他能化篾成物，一般家里能见到、用到的器物，他都能用竹篾编出来。母亲曾命我在老街上买一个暖水瓶的内胆，然后去表姨夫的摊位上，坐等他为暖水瓶胆编制一件竹制的外壳。那个暖水瓶至今还在我家老屋的一个角落里。竹篾壳早已被岁月包了浆，虽然久不使用，却依然油润、红亮。这便是我幼时对匠人的记忆。

五千多年的中华历史长河中，涌现出了无数能工巧匠，他们或如明月光照，或如星河璀璨。一代代薪火相传的工匠精神，不仅成就了那些流芳百世的绝世建筑与器物，更是烛照我们通向文明现代化进程的精神之光，是我们文化的自信心、民族的根与魂。

从“嫦娥”探月到“祝融”探火，从“北斗”组网到“蛟龙”深潜，从港珠澳大桥横跨三地到大兴国际机场凤凰腾飞……这些挺起中华民族脊梁的大国重器、世纪工程背后，无不凝聚着万千工匠的心血和汗水，映照着工匠们孜孜以求、拼搏奋进的身影。

本套丛书收录的是全国总工会历年评选出的大国工匠

的人物传记。他们当中有焊接高铁的“工人院士”李万君、打破国外高端设备维修垄断的王树军、让中国锻件立于世界之巅的刘伯鸣、“人刀合一”的顶级钳工李凯军、在高空“穿针引线”的竺士杰、油田里的创新能手刘丽、了不起的“钢铁裁缝”艾爱国、数控机床上的“雕刻师”孟维、让三星堆文物“活”起来的郭汉中……他们有的是传统加工业的锻造者，为了突破技术瓶颈精益求精；有的是新兴制造业的探路者，为了实现精密制造巧思妙想；有的是军工行业的铸剑者，为了打造国之重器默默坚守；有的是民间手工艺的守护者，为了传承非遗文化精雕细琢……他们奋战在国防军工、装备制造、传统工艺等行业的第一线，以久久为功的钻研和创新，造就了一个个传奇。

这些杰出的工匠，尽管行业不同、岗位不一，成长经历各异，但他们都有着爱党爱国、敬业奉献、创新争先的优秀品质。他们耐得住清贫与寂寞，用灵巧的双手和精湛的技艺，数十年如一日地在平凡的岗位上雕琢自己心中的梦想，以实际行动诠释着“执着专注、精益求精、一丝不苟、追求卓越”的工匠精神。“天下大事，必作于细。”工匠精神既是中华民族技艺世代传承的价值理念，又是中国开启新征程，从制造业大国迈向制造业强国的时代需要。

“大国工匠是我们中华民族大厦的基石、栋梁。”2024年3月5日，习近平总书记参加十四届全国人大二次会议江苏代表团审议时强调“树立工匠精神”，指出“没有金刚钻，揽不了瓷器活”，要“把第一线的大国工匠一批一批培养出来”。党的十八大以来，习近平总书记对建设高素质劳动大军高度重视，强调“当代工人不仅要有力量，还要有智慧、有技术，能发明、会创新，以实际行动奏响时代主旋律”，深刻阐述工匠精神“执着专注、精益求精、一丝不苟、追求卓越”的内涵要义，号召全社会弘扬工匠精神，“为全面建设社会主义现代化国家、实现中华民族伟大复兴的中国梦提供有力人才和技能支撑”。

“匠心聚，百业兴。”无论是传统产业，还是新兴产业、未来产业，大国工匠在发展新质生产力的历史进程中不可或缺。随着经济发展方式转型和产业结构升级，中国要实现由制造大国向制造强国的转变，实现由中国制造向中国创造的跨越，离不开广大劳动者的创新和创造，更离不开对工匠精神的继承和发扬，于是呼唤更多大国工匠成为时代强音。

文艺是时代进步的号角，最能代表一个时代的风貌，最能引领一个时代的风气。中国报告文学学会、中国工人出版社联袂推出“大国工匠人物传”丛书，以图书的形式为大国工匠树碑立传，让他们的故事和精神具有更广泛的交流传播价值和长久的史料价值。本套丛书的写作者奔赴大国工匠生活的城市，深入大国工匠工作的厂区、车间、工作室，获取了全面细致的第一手材料，最终将大国工匠的成长、成才故事呈现在读者面前。

“大国工匠人物传”丛书讲述的是个人奋斗史，也描绘出大国工匠的群体形象。可以说，这套丛书是目前国内系统研究众多大国工匠人生轨迹的权威读本，既有对每位大国工匠的整体介绍和事迹梳理，又有具体的事件、案例，全面、生动地展示了大国工匠各个人生时期的工作和生活状态。

新时代是奋斗者的时代，中国式现代化建设新征程这一宏伟事业为广大工匠技能人才成就梦想提供了广阔舞台。每位劳动者都是主角，都可以成为工匠精神的践行者。大国工匠是新时代的最美奋斗者，更是和平年代当之无愧的英雄。

国之大者，工匠先行，向着中华民族伟大复兴的目标砥砺奋进，行稳致远。

是以为序。

目 录

第一章 『学好数理化』的偏科生

1979 年 4 月 13 日，那个春天的早晨，王进在山东济南历下区院前街 8 号的一户普通人家中呱呱坠地。院前街 8 号，这所位于济南市老城区的院落，仿佛被时光温柔地抚摸过，每一寸砖瓦都透露着历史的沉淀与文化的韵味。从王进家的门槛迈出，向前走上几步，或是转过一个街角，便能与那些充满诗情画意的地名不期而遇：涟漪如织的百花洲、流水潺潺的曲水亭、碎玉飞珠的珍珠泉，以及清幽雅致的王府池子，它们共同编织了一幅幅动人心魄的画卷。如今，这些承载着厚重历史与文化底蕴的街巷，包括院前街在内，早已被济南市第一批传统地名保护名录收录，成了这座城市熠熠闪光的文化名片。

早在 20 世纪 30 年代，老舍先生便以他那细腻温婉的笔触，将济南的冬、春、秋三季描绘得如诗如画，尤其是春天，他写道："感受春风拂面的温柔，聆听远处传来的悠扬琴声，仿佛置身于仙境之中。"然而，老舍先生未曾完全揭示济南春天的另一面——那便是天气的多变，如同孩童的表情，忽而晴空万里，忽而细雨绵绵。

母亲常常回忆起王进出生的那一天。当时家中尚未安装暖气，虽然已是春天，但寒气依然笼罩着面积本就不大的屋子。因此，即便是在 20 年后的春天，每当王进即将踏上外出施工或学习之旅时，母亲总会习惯性地重复那句叮嘱——"王进，多带点衣服啊！"这句简短而温暖的话，穿越岁月长廊，让母爱传递不息。

从 1986 年至 1992 年，济南大明湖路小学成了王进童年记忆中最亮丽的风景线。这 6 年的小学时光，如同一幅缓缓展开的画卷，记录了他成长的点点滴滴。尽管大部分记忆已随着岁月的流逝而变得模糊而遥远，但总有一些暖暖的片段，如同夜空中划过的星辰，依旧闪烁在心间。

1986 年母亲带王进在大明湖乘船

每天清晨，母亲都会骑着那辆老旧的自行车，载着王进穿梭在老城区的巷弄之间。从家到学校大约一公里的路程上，母子俩同行的那段时光，成了他们独有的温馨时刻。放学后，王进则与一帮同学结伴而行，步行 15 分钟，穿过热闹的街市，跨过古朴的石桥，一路欢声笑语，仿佛整个世界都属于他们。曲水亭街的柳树下，是他们嬉戏的乐园。春日里，嫩绿的柳丝轻拂水面，他们或用柳丝编

1985 年王进和父母在蓬莱阁

织草帽，稚嫩的手指编织着童年的梦想；或到王府池子涉水玩耍，清凉的池水洗涤着童年的纯真与快乐。珍珠泉边的小竹林，更是他们探险的秘密基地，竹影婆娑，清风轻抚。他们偶尔会恶作剧般地折断一两根竹枝，去掉叶子和分叉，做成简易的鞭子，互相追逐打闹。笑声在竹林石径间回荡，久久不散。

小学三年级时，同学解阳因患腮腺炎请假在家养病。

王进得知后，主动承担起每天放学后给他送作业的任务。在那个年代，腮腺炎是一种具有较强传染性的疾病。许多同学避之不及，但9岁的王进主动请缨，像个小大人一样，表现得很有担当。他每天放学后背着书包，穿过熟悉的街巷，亲自将老师当天布置的作业送到解阳家长的手中；次日早晨再将解阳写好的作业带回学校，转交给老师。王进的这一行为，赢得了老师和同学们的称赞。王进心里美滋滋的。

当时，学校里有一项传统体育活动备受瞩目，那就是以班级为单位的爬杆比赛。这是一个考验勇气与技巧的项目，每个班级都会先通过选拔赛，挑选20名左右的选手代表班级参赛。赛场上，许多同学刚上场一试身手，便从爬杆上滑落下来，而王进的表现却有些“出圈”了。那天，他穿着一条新裤子，生怕爬杆时磨坏了，于是他灵机一动，将裤腿卷至膝盖之上，光着小腿就上了杆。尽管他心中仍然有所顾忌，但动作异常灵活，如同一只敏捷的小猴子，噌噌噌几下就爬至杆顶，成为全班爬得最快的那个。此后的爬杆比赛，只要有王进参赛，现场总是喝彩连连。王进所在的班级也总能夺得第一。在同班同学眼中，王进就是他们班这项活动的“领头雁”“定心丸”，只要有他在，班级冠军就非他莫属。

五年级时，王进的体育特长得到了进一步展现——他报名参加了学校的田径队，专攻短跑项目。他起跑速度快，加速能力强，常常在比赛中一骑绝尘，多次夺得年级第一。然而，美中不足的是，他的耐力相对较弱。一旦遇到长跑项目，他就成了跑道上的“拖油瓶”。为了克服这一短板，体育老师专门为他制订了训练计划，让他在短跑和长跑之间交叉训练，提升综合素质。每天，王进都要先围绕操场跑两圈热身，再进行 25 米高抬腿往返跑等专项训练。虽然辛苦，但他从未言弃。就这样，王进咬紧牙关，坚持了整整两年时间。最终在全校长跑比赛中，他发挥出前所未有的耐力水平，冲进前三名。

“态度决定成绩”，这是王进的自嘲语。言外之意，就是某一段时间自己的学习态度端正，主动发力，考试就会打个翻身仗；假如这一段时间只顾贪玩，学习不用功，成绩单肯定就“不好看”。

小学阶段的最初两年，课程相对简单，王进凭借自己聪明的小脑瓜，成绩在班里一直很靠前。然而随着年龄的增长，王进调皮好动的天性开始显露。到了三四年级时，他的成绩如同断了线的风筝，一直处于飘忽不定的状态。

到了五年级，他开始收敛心性，将精力重新投入学业中。每天放学后，他都会自觉地完成作业，遇到不懂的问题也会主动向老师和同学请教，成绩逐渐回升，总体保持在了中上水平。

1992 年 9 月 1 日，秋风送爽，阳光明媚。这天是开学的第一天，王进迎着霞光，来到济南第八中学 39 级 1 班。这天上午，班级进行了一场突击摸底考试。王进的成绩还

1987 年王进（右四）与家人游千佛山

不错，排在前十几名。小学毕业后，他痛痛快快玩了一个暑假，但小学阶段掌握的那点知识，还没过完暑假就已吃净忘光。

在济南八中，王进遇到了几位志趣相投的同学。他们一起谈天说地，分享彼此的梦想和追求；一起参加课外活动，提高自己的能力和素质；甚至还一起参加了奥林匹克化学竞赛，共同为荣誉而战。这段时光，成为王进青涩记忆中最为珍惜的片段之一。

教语文的巩永英老师，是一位全国优秀教育工作者。她虽然年近退休，身体瘦弱，但那份对教育事业的热爱和对学生的责任心从未消退。每天放学后，她都会一一巡查学校不远处的几个游戏厅。只要发现认识的学生，她就会毫不客气地将他们提溜回学校，严厉呵斥一顿后，再放他们回家。王进和他的几个好友，就经常成为巩老师的“重点”关注对象。虽然当时觉得有些丢面子，但现在回想起来，王进对巩老师充满了感激之情。正是巩老师的严格管束和耐心引导，王进等几个捣蛋鬼才没有误入歧途。

在济南八中学习期间，王进的数学、物理和化学成绩十分突出。特别是化学，在省级奥林匹克竞赛中，他凭借

1992 年王进在珍珠泉

着扎实的基础和出色的发挥取得了优异成绩。当时，“学好数理化，走遍天下都不怕”这句话在社会上广为流传。虽然这句话在一定程度上激发了学生们的学习热情，但也容易让个别学生步入偏科的误区。王进就是这样一个典型的例子。他对数、理、化课程兴趣浓厚，而对于语文、英语等文科课程则兴趣索然。特别是英语，用他如今的话来形容——好像大脑的出厂设置，压根儿就没有英语这个模块。

中考前夕，王进的妈妈为了让他提前感受一下考试氛围，同时也为偏科严重的王进增加一项备选，替他报名了临沂电校的入学考试。对妈妈的好心，王进欣然接受，多一次历练没啥坏处。这次考试考语文、数学、物理和化学四科，另有一项智力测试。让王进最喜出望外的是不考英语，至于其他科目都不在话下，结果他发挥得异常出色，

1994 年王进（后排左一）与全班同学在济南龙洞风景区合影

总成绩在众多考生中名列前茅。

不久，真正的中考来临了，采用的是“3+2”考试模式。主科是语文、数学和英语，而另外两门科目则是通过抽签决定。王进抽到了地理和化学，这让他既兴奋又紧张。在考试中，他凭借着扎实的基础和冷静的发挥，地理考得了 98 分的高分，化学成绩更是在全校名列前茅。然而，英语依然是他的短板，这让王进感到十分沮丧。即便如此，由于总分过线，王进还是幸运地被在济南市排名第四的省重点高中录取了。

王进中考取得较好的成绩，让全家人既惊喜又纠结。

第二章 走好人生第一『杆』

王进的父亲曾参加过对越自卫反击战，是名退役军人，转业后在一家省直单位开车。尽管他平时沉默寡言，但望子成龙的心愿一点儿也不比别人低。王进的母亲是一名电力行业的普通女工，在变电检修岗位上一干就是数十年。在王进儿时的记忆里，母亲的工作服似乎永远也洗不干净，那上面布满了油污和油渍。每当母亲拖着疲惫不堪的身子回家，王进总能注意到她那双布满油污甚至伤痕的手。那些伤痕，有的是在检修变压器时被缠绕的铜丝紧紧勒出的，有的是不慎被锐利的工具划伤的。然而，母亲总是微笑着，从不言苦与累。母亲的坚韧与乐观，如同春日和煦的阳光，深深镌刻在王进的心底。

选择省重点高中，意味着有更广阔的学习平台和能接触到更多优秀的同学和老师，为未来的发展打下坚实的基础；选择技校，则直接关系到未来稳定的职业前景和专业技能的掌握运用，能够更快地成长为一名社会需要的技能人才。面对这两种选择，王进犹豫不决。他回想起母亲那双布满伤痕的手，父亲那充满鼓励的目光，以及自己从小对父母所从事的职业的亲切感……他明白，实现人生价值不仅在于追求高学历和广阔的舞台，更在于能否为社会做出实实在在的贡献。

经过一番深思熟虑的思考，王进最终决定放弃升入省重点高中的机会，选择踏入临沂电力技工学校的大门。在他看来，技校不仅能让他学到实用技术，更重要的是，能够让他更快地成为一名对社会有用的人，能让他尽早像父母一样在平凡的岗位上发光发热。

这个决定在外人看来或许有些不解，对于王进而言，却是他人生道路上的重要转折点。他深知，人生路有千千万万条，每一条路上都有其独特的风景和别样的精彩。

临沂电力技工学校是一所以培养电力专业技术人才为中心的全日制普通中等专业学校。学校坐落在风景秀丽的沂蒙山脚下，以严谨的学风、务实的态度以及较高的教学质量，为电力企业输送了一批又一批的技能人才，成为众多学子实现职业理想的摇篮。

技校的学习生活虽紧张但充实，王进乐在其中。他深

王进（后排左三）与篮球联赛队友留影

知，想要当好一名的电力工人，不仅需要扎实的理论知识，更离不开丰富的实践经验。因此，他不仅在课堂上认真听讲、积极思考，还在课后主动查阅资料，以便加深理解。凭借这份勤奋与努力，他的成绩始终名列前茅，多次获得学校奖学金，成为同学们眼中的幸运儿和佼佼者。

然而，对于王进来说，真正的挑战才刚刚开始。作为一所重实践的技工类学校，临沂电力技工学校在第二学年为学生安排了大量的实习课程，旨在通过实践锻炼来提升学生的专业技能和实际操作能力。王进的实习课程，包括钳工操作、电气接线、配电线路安装施工等多个项目，每一项都是对他能力的一次考验。

在这些实习课程中，最让王进印象深刻且备受考验的，莫过于穿着铁鞋爬电杆了。爬电杆作为电工的基本功之一，不仅要求学员具备出色的身体素质和协调能力，更需要他们克服内心的恐惧，勇敢地向高处攀登。电杆的高度分为 8 米、12 米和 18 米三个等级。对于初学者来说，8 米的高度已颇具挑战性；而 18 米的高度，更是让众多新人望而生畏。

王进虽然从小就被同学称赞胆子大，但在面对 18 米电杆时，还是不可避免地感到了几分害怕。电杆竖立在学校实验楼的旁边，杆顶与实验楼的五楼楼顶齐平。作业现场没有设置护栏和防护垫，仅配备一条安全带和一双铁鞋作为安全防护措施。望着那直插半空的电杆，即便是那些平日天不怕地不怕的年轻学员，也不由得心生畏惧。

每个学员第一次尝试攀爬的时候，都会本能地紧紧抱住电杆，生怕一不小心就会滑落下来。这种心理实属正常。然而，这种抱紧的动作却会让铁鞋瞬间失去受力点，导致人体随着松动的铁鞋一起顺杆下滑；而一旦失去平衡，就有可能面临掉落的危险。因此，在面对 18 米高的电杆时，许多同学选择了退缩。这时候，王进却选择迎难而上。

王进生性倔强，不轻易服输。在他看来，退缩就意味着失败，他一次又一次地尝试着攀爬，即使多次掉落铁鞋，靠安全带滑下来，也从未气馁。他豁出去了——无论技巧掌握如何困难，无论同学如何冷嘲热讽，他都要拿下这 18 米高的电杆！在经历了无数次的失败之后，王进终于迎来了属于自己的“决胜”时刻。在一个初冬的清晨，他成功爬上了 18 米电杆的杆顶。尽管现场没有喝彩者，尽管电杆上结着一层薄薄的冰膜，铁鞋踩上去容易打滑，但他凭借长期刻苦训练打下的扎实基本功，稳稳地站在了

王进（四排右三）临沂电力技校毕业照

杆顶。

王进孤零零地站在杆顶，仿佛置身于另一个世界。他抹一把额头上的汗水，眺望着远方连绵起伏的群山，俯瞰着校园内的一草一木和来来回回走动的师生身影。那一刻，他感受到了前所未有的成就感与自豪感。他知道，自己不仅战胜了自我，更在未来的职业道路上迈出了坚实的一步。

这次经历也让王进深刻地领悟到了一个道理：成功从来不会一蹴而就，它不仅依赖技能和能力，更离不开一股不服输的精气神。唯有如此，才能在挫折中重拾信心，再次出发。

第二章 职业生涯第一『现场』

1998 年 11 月，秋风已带上了几分冬日的凉意。落叶纷飞中，走出临沂电力技校大门的王进，怀揣着对未来的憧憬与梦想，踏上了人生的新征程。他被分配到山东电力集团公司下属的山东送变电工程公司，成为一名普通的送电线路工。

不出意外，王进的生命轨迹将与那些蜿蜒曲折、横跨山川的电力线路紧密相连。这份职业选择，恰如他所愿，学什么，干什么；不仅符合他的专业志向，也契合了他那颗不安分守己、愿意挑战自我的心。

在那个年代，对于许多从“象牙塔”走出、初入社会的学子而言，外面的世界既精彩又充满未知。王进也不例外，他的心早已跨越了那道无形的“围墙”，向往着广阔天地间的无限可能。走出校门的那一刻，他仿佛变成了一只展翅高飞的鸟，心中充满了对今后职业和生活的畅想。

世上没有父母不希望自己的子女有个好前途，不求能成龙成凤，但求有一份安安稳稳的工作，有一个勤奋上进的态度，再有一份体体面面的收入，父母就可以放心了。知子莫若父母。即便多年之后，王进依然清晰地记得，他上班第一天的早上，饭桌上父母你一句我一句的嘱咐和叮咛。父亲的话虽然简洁，却透着几分严肃：“王进，当了工人就不要怕吃苦，就得卖一辈子力气！好好表现，千万注意安全，别让你妈在家里担心！”母亲的口气自然温和婉转许多，但说来说去还是这几句——“儿子，一定要注意安全，不要惹事，跟同事要搞好关系，多跟师父学手艺！”

在父母各自语重心长的话语中，有一个共同的关键词就是“安全”。特别是王进的妈妈，作为一名在生产一线摸爬滚打多年的老电力工人，她自然比准备入行的儿子更懂得“安全”二字的分量。王进只顾频频点头，饭后便跨上父亲为他新买的自行车，前往山东送变电工程公司报到。

初到新单位，王进便心生欢喜。填写入职表格时，他一笔一画，认真而细致；入职谈话中，领导的每一句话都让他感到来劲，他仿佛看到了自己职业生涯的广阔天地。领取到崭新的工装时，他轻轻抚摸那布料，心中涌动着归属感与自豪感。王进与同时报到的同事们自我介绍、谈天说地，那份初识的兴奋与亲切，让这个陌生的环境迅速变得温馨起来。办公场所干净敞亮，食堂的伙食还算可口。尤其是那道他最爱的红烧肉，软糯香甜，正合他此刻的心情。“要抓住王进的心，先要抓住我王进的胃！”这句玩笑话，道出了他对新生活的憧憬与期待。

公司为新入职人员开设了为期一个月的经纬仪操作培训课程，这对于从小就动手能力强的王进来说，简直是小菜一碟。每当讲到复杂的计算或精密的测量时，他的眼睛总是炯炯有神。

顺利结业后，春节悄然而至。大年三十那天晚上，王进比往年都要玩得尽兴。此起彼伏的鞭炮声在脚边炸响，他仿佛要用这震耳欲聋的声响，宣告自己新生活的开始。

输电线路工人翻山越岭开展线路巡视工作

只是好景不长。很快，王进自称的噩梦般的日子就骤然而至。

正月十六，王进接到指令，跟随班组参加220千伏临相线的施工建设。这是他职业生涯里参与的第一个工程，也是第一次进驻传说中的电力施工工地。

据带队施工的送电二公司八队队长范雨生介绍，工地在临沂市河东区汤头镇。这让王进倍感亲切，他刚从临沂毕业不久，对这地方再熟悉不过了。而且，他早就听说河东区汤头镇还有闻名遐迩的温泉，只是一直无缘光顾。“妙哉，妙哉！”王进自言自语，禁不住心驰神往起来。看他那副手舞足蹈的样子，范队长冷冷地瞅了他一眼：“小伙子，你在做大头梦呢！”

王进确实做梦都没想到，迎接他的施工工地坐落在距离汤头镇 20 千米远的一个偏僻之地。施工人员直接驻扎在附近的农村，租了 233 国道旁一处农民用于做小买卖的闲置仓库，当作宿舍。

那宿舍空荡荡的，只有一扇门，四个窗户。里面悬挂着的两个昏黄的灯泡，不时随着门缝里挤进来的冷风瑟瑟起舞。包括王进在内的七名年轻人，每人扛着一张折叠床，拖着行李箱，风尘仆仆地前来入住。洗漱的水池子在院子中间，厕所在院子的另一边。这一年第一场雪来得不早不晚，倒像是刻意为这群“不速之客”举行的欢迎仪式，绵绵地下了大半夜。冻得瑟瑟发抖的王进在被窝里辗转反侧，怎么也睡不着，随口咕哝了一句：“还真有点林教头风雪山神庙的意思呢！”屋里的空气好像被冻住了一般。天即将破晓时，和衣而睡的王进实在憋不住了，哆哆嗦嗦地穿过整个院子，闪电般奔向位于南墙角那个被大伙

“嗤之以鼻”的旱厕……事毕，小步快跑回屋。钻进被窝一刻钟后，王进浑身感觉还是冰凉冰凉的。

每天晚上，王进都辗转反侧，很难入眠。他将头埋进被窝里还清晰地听到西北风如同锋利的刀刃，切割着每一寸空气。国道边上的杨树枝在风的肆虐下发出凄厉刺耳的哨子声。大货车呼啸而过，车轮滚滚，卷起阵阵尘土。它们跑起来像没有刹车一样，上演着另一番景象的“速度与激情”，汽车喇叭声也一直在耳边吵个不休，让人心烦意乱。王进记得有一次，他清晰地听到不远处传来一声出车祸的巨大声响。那金属的碰撞声和撕裂声，瞬间让他的心脏紧缩成一团。这对于王进这样没见过多少世面的年轻人来说，说不㞞是假的。

在汤头工地的前三个晚上，王进基本上没怎么入眠。到了第四天晚上，王进的精力已经熬到了极限，困意如同铅云压顶，昏沉地侵蚀着他的意识。草草地往嘴里扒拉几口饭，他就一头倒在床上，瞬间便陷入了沉睡。那一夜，仿佛连梦境都远离了他。

王进后来回忆说，经历了汤头工地那段岁月后，他的心境发生了翻天覆地的变化。即便之后遇到再恶劣的环境，他都能保持“心如止水”，睡得没心没肺。这种变化或许就是成长的代价，也是生活给予他的馈赠。

到汤头工地的第二天清晨，北风依旧呼啸，四野苍茫，一片寂寥。

王进小心翼翼地挪动着脚步，艰难地攀爬上那座高达 36 米的铁塔。脚下踩着直径只有一厘米的脚钉，五厘米宽的角铁成了他唯一的支撑。每向上一步都使他的心跳加剧。紧张和恐惧如同无形的绳索，紧紧缠绕着他的心。到了塔顶，他不得不一点一点地挪过绝缘子串，那是通往更高处的必经之路。此刻，汗水早已浸透了后背，冷风一吹，他便激灵地打起冷战，仿佛连骨头都在颤抖。但王进知道，他不能退缩，这是他的职责，也是对自己的挑战……

在工地上，队部有几辆老旧的东风卡车。它们成了十几个工人进出工地的唯一交通工具。驾驶室里只有两个座位，一个属于司机，另一个则自然让给了年龄大的老师傅。像王进这样的年轻工人，只能在后斗上挤着坐在一起。在那个物质贫乏的年代，有车坐已经是一件很“威风”的事情了。每当卡车驶过乡间小道，响起的喇叭声，总能引来行人的频频注视。那种被人注目的感觉，让王进他们觉得特别神气。夏天的时候，坐在后斗上还算凉快，

王进在 500 千伏照崂线组塔施工现场

权当是兜风。

但到了冬天，后斗上无遮无拦，西北风长驱直入，即便抱紧身上的棉大衣，也无法抵挡那刺骨的寒风。王进和工友们的耳朵裸露在外面，一个冬天下来，耳朵都冻得红肿溃烂。然而，现在回想起来，让王进感到后怕的倒不是这个，而是他们十几个人在后斗上挤在一起，人货混装，摇摇晃晃地在乡间小道上疾驶，万一发生什么意外，后果不堪设想。

乡村的夜晚，时间仿佛被拉长，每一秒都显得格外漫长。村里的租赁房里没有电视，没有计算机，更没有网络。唯一有手机的是队长范雨生，但也只能用来打电话。王进和工友们的生活单调而乏味，他们渴望获得一丝丝的娱乐和慰藉。有一次休息日，王进到附近村里赶集买洗漱用品，顺便买了一本《读者》和一本《大众电影》。这两本杂志成了工友们的宝贝，他们手手相传，轮流阅读。等到再回到王进手里时，早已被翻得皱巴巴的不成个样子了。王进哭笑不得地说：“我自己还没看呢，就破成这个样子了，你们是书虫啊？”

为了拯救这些书刊的命运，王进想起了上小学时母亲的做法——每当新学期时，母亲都会把他的新课本包上板板正正的书皮。于是，后来每次赶集买回新杂志，他都到村委会找两张别人看完的旧报纸，小心翼翼地把杂志的封面、封底包上，并用胶水封好。这样一来，起码可以保证大家轮流看个遍后，不会将书翻得像块破抹布似的。

至今，想起工地上那些苦中作乐的趣事，王进经常会笑出声来。

第四章 工地上的无悔岁月

在工地，每当回想起在电力技校上学的日子，王进都会感慨万千。每个学期，老师们都会捧着五六本专业书籍，有板有眼地讲解其中的精髓。然而，当他真正下工地干活时，傻眼了——那些烂熟于心的理论知识，在轰隆作响的施工现场竟显得如此苍白。许多具体工序的操作要领，根本是教材上从未提及的实战秘籍。他真切体会到了“纸上得来终觉浅，绝知此事要躬行”的深意。

面对这些挑战，王进没有退路。别说未来，就是眼前，等待他学习掌握的技能都多着呢。于是，他虚心地向身边的师傅请教，认真观察他们的操作技巧。在工地上摸爬滚打的日子里，他逐渐掌握了多种技能，也积累了越来越多的经验。有些活儿从外表上看似乎极其简单，仿佛任何人都可以轻松胜任，然而若要将它们干得既迅速又符合标准，却并非易事。

以他们当时承建的220千伏线路工程为例，整个项目的核心任务正是电杆组立这一关键工序。组立电杆并非简单地将电杆竖立在地面上就行了，而是需要一系列烦琐而细致的准备工作。其中最为基础且关键的环节，便是提前在地面挖坑，电力行业中将其称为“干坑”。

王进所负责的环节尤为关键，需要利用经纬仪这一精密仪器，将电杆需要挖设的干坑和拉线坑的位置准确无误地标记出来。这是一项技术活，需要极高的精度和耐心。随后，这些标记好的坑位由劳务工按照既定的尺寸和要求挖掘出来。

刚入职时，公司为了让他们这些新员工能够迅速上手，特意安排了一个月的经纬仪使用培训。王进的动手能力本就比一般人强，再加上他勤奋好学，因此很快就掌握了经纬仪的使用方法。本职工作完成后，王进想自己也不能蹲在工地上玩啊！于是，他就拿起铁锨，帮劳务工挖坑。他们所称的这种干坑，是一个长 2 米、宽 1 米、深 1.5 米的大坑。由于临沂地区的土质相对松软，挖起来并不算很费劲。即便如此，还没挖上半个小时，王进手的掌心就已经磨出了水疱。水疱刚刚磨出来的时候，王进还不会感到多疼痛，就是觉得握着铁锨柄的掌心不得劲。晚上，王进找来缝衣针，将水疱挑破。第二天再拿铁锨挖坑时，掌心传来的那种摩擦和挤压带来的剧痛，就特别"酸爽"了。

然而，他咬着牙一声不吭，默默地跟着劳务工学、跟着劳务工干。很快，他的"出活率"就不次于这些劳务工了。

在挖拉线坑的时候，王进出过一次小意外。拉线坑长 1 米、宽 0.5 米、深 2 米多，相较于干坑来说要小一些。由于之前没接触过，他只按照标准尺寸往下挖，却没有考虑到应该将坑口挖得大一些，然后慢慢往下收。结果当他快要挖到指定深度的时候，一侧的坑壁突然塌了。那一刻，王进感到一阵惊恐。他一边傻乎乎地喊"救命"，一边用手使劲往上刨土，试图自救。幸运的是，两位劳务工大哥听到了他的呼叫声，跑过来将他拽了出来。如果一直没人发现的话，他一个人待在坑里，还不知最终会出啥情况呢。

这次经历如同一桶冰水将王进浇了个透心凉，他头一回体会到了安全生产的重要性。

220 千伏线路所需要的电杆，按功能需求主要分为两种规格：一种是 28 米的普通杆，另一种是 30 米的加高杆。它们的直径都是 400 毫米。然而，如果直接将电杆埋在地里的话，随着时间的流逝和重力、风力的作用，电杆会慢慢变得很不稳定。为了解决这个问题，电杆底下需要埋设一个长 2 米、宽 1 米、厚 400 毫米的水泥坨。在电力行业中，这个水泥坨被称为底盘。而拉线也需要打在一个尺寸为长 1 米、宽 0.5 米、厚 200 毫米的拉盘上。

那个年代，路况落后，施工车辆也十分紧张。因此，运输底盘和拉盘这些沉重的物件成了一个大问题。工人们只能采用人工运输的方式，将它们从马路边运送到施工地点。具体来说，就是四个人一组，用扁担将它们挑进去。王进当时虽然年轻瘦弱，但他积极主动地参与了这一重体力活。然而，他的这一举动并没有得到别人的好评，相反还被别人“小瞧”了。因为他们所用的扁担并非一般人心目中的竹坯子一类轻便物品，而是一个长方形的木杠，带棱带角，重量不轻。扁担一上肩膀，肩膀就被硌得生疼，

班前会现场

但王进并没有因此放弃。为了不影响其他人的进度和节奏，他咬紧牙关，忍着疼痛继续干活。晚上下班回到队部的时候，他的两个肩膀都已经肿了起来。

第二天来到工地时，王进并没有因为肩膀疼痛而退缩。他咬着牙继续干着。一位劳务工大哥看到他咬牙忍痛的样子，便扔给他一块破毛巾，让他垫在肩膀上以减轻疼痛。劳务工大哥的这一举动对王进来说，是最大的认可和鼓励。他终于可以融入这个队伍中，与大家并肩作战了。

当时，王进最羡慕的是工地拖拉机手孙军。孙军驾驶的拖拉机是经过改造的，加装了一个绞磨机。虽然这辆拖拉机的窗户没有玻璃，透风漏气，但好歹有个顶棚可以遮风挡雨。有一次下雨的时候，那开动的拖拉机的顶棚下竟然挤了 10 个人。大家嘻嘻哈哈地一路前行，场面既滑稽又温馨。

在立杆的过程中，由于王进是测量工，他主要负责调整电杆的位置和角度。这是一项需要极高精度和责任心的工作。立杆的最后一个环节就是调整电杆的垂直角度，这是王进最为擅长的工作。由于他过于认真，队长都曾经劝他说："偏差个几厘米也没关系，也在标准之内。"但是，王进却始终坚持要将电杆调整到只有半厘米之内的偏差。

这样做需要耗费更多的时间和精力，图个啥？“当时真没想那么多，就是追求完美而已！”这是王进自己的解释。

在那个年代，没有现代化的施工机械，很多工作都需要人力完成。立杆阶段，工地上一片忙碌景象。一部分人早已在前一夜挖好了坑，为地锚的埋设做好了准备。这几乎相当于“大兵团作战”了。几十号人各司其职，从角膜的精准定位到抱杆拉线的默契配合，每一个环节都环环相扣，不容有失。施工团队分工明确：一组负责将沉重的电杆缓缓竖起，这需要力量与技巧；另一组则负责拉紧绳索，确保电杆能够稳稳地立于坑中。这一配合无间的作业过程是团队协作精神的集中体现。

中午时分，工地上弥漫着一股包子香味。由于工地条件有限，午饭通常是大包子，简单而快捷。包子虽香，但扛不住天天吃啊。在工地作业的那些日子，包子成了王进最熟悉也最不想触碰的食物。没条件洗手，大家吃包子时，都是用拇指、食指和中指小心翼翼地捏住包子的一个角。吃完后，那个被捏过的地方，总会留下两三个清晰的黑色指纹，大家只能笑着扔掉。

野外施工意味着要长时间与亲人不能相见。省外施工，

输电线路工人巡回线路

半年才能回家一次；省内施工，也至少要两个月。王进第一次回家时已是四月底。那天，队长突然通知他可以回家休息几天。王进听后喜出望外，匆匆地收拾了一下行李，穿上能找到的最干净的衣服，就踏上了归途。

到了济南，王进先回公司交接一下工作，然后坐着公交车往家赶。那时的王进，还穿着厚重的牛仔服，里面套着毛衣，在初夏与当时的人流显得格格不入。当他走到小区门口时，竟被看门的大爷误认为是“乞丐”“流浪汉”，好说歹说就是不让他进。幸好邻居大妈及时出现，才帮他解了围。

这事一传十，十传百，竟成了小区大妈们茶余饭后的一段“佳话”。

第五章 高压线上的生死瞬间

在电力线路的施工过程中，放线、紧线无疑是最为关键的技术环节，不仅关系着整个电网的安全运行，还关系着每一位施工人员的生命安全。在这一道工序中，测量工的重要性尤为凸显。他们不仅要确保导线符合技术标准，还要保证三相导线排列得平整有序。这不仅是对专业技能的考验，更是对责任心的一次全方位检验。

那天，阳光正好，微风不燥。王进按照工作流程，拿出提前准备好的一把皮尺，准备开始他的测量工作。这把皮尺看似普通，却是电力施工中的得力助手。他需要从地线支架往下量一个标准尺寸，以此为基准，精确调整三相导线的位置。这是一个需要高度专注和耐心的工作，稍有差池，就可能为后续的工作埋下安全隐患。

然而，这一天却发生了一个意外。平时，王进都会背着一个帆布兜子，里面装着各种工具，以备不时之需。但那天，因一时疏忽他竟然忘带了。司机把他送到工作地点后，便匆匆前往其他地方。王进站在那里，望着手中的皮尺，心中一阵懊恼。50 米的皮尺虽然不算太长，但在没有工具兜的情况下携带，却成了一件棘手的事情。

王进无奈地抽出 50 米长的皮尺，放在地上，然后把铜环挂在腰上，开始往塔上爬。随着高度的增加，他的心跳也逐渐加速。当爬到大约 20 米高的时候，突然一阵风吹来，把地上的皮尺塑料盘吹了起来，飘飘悠悠地搭在了一条 10 千伏的线路上。那一刻，他整个人都吓蒙了，大脑一片空白。电力安全工作规程明文规定，测量带电距离时禁止使用皮尺、线尺等带有金属丝的工具。幸好此时线路尚未通电，使用皮尺还是安全的。否则，这突如其来的变故会让他陷入危险的境地。

这种情况下，最坏的结果无非是两种：一种是被直接

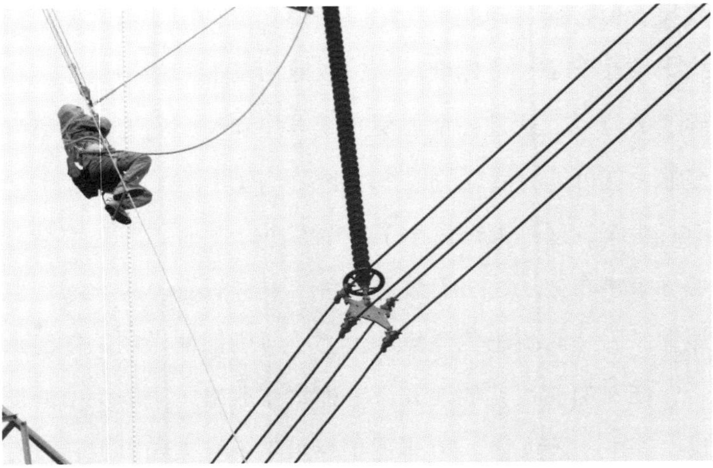

高空作业

电死；另一种则是遭到电击后掉到地面摔死。过了一会儿，王进才从巨大的恐惧中醒过神来，发现自己依然好好的，什么都没有发生。他不禁倒吸了一口凉气："一定要立即离开现场！"王进哆哆嗦嗦地伸手去摘腰上的铜环，却发现怎么也摘不下来。人在危急关头，往往会爆发出惊人的力量。为了自救，王进使出全身的力气一把将皮尺薅断。扯断皮尺的那一刻，他万幸自己逃过了一劫。

颤颤巍巍地走下塔后，王进倚着塔基底座大口大口地喘着粗气。等东风车来接他的时候，他整个人像被抽干了力气一般。回到队部，王进向队长如实汇报了自己没有完成工作的主要原因，是没有提前备好工具。队长先是安慰他一番，随后严肃批评了他，责令他下不为例。毕竟，人命关天，在安全面前，哪会有那么多的“下不为例”？

第二天，王进早早地准备好了自己的帆布工具兜，还不忘带上那把已经断成两截的皮尺。虽然，那皮尺已经不能再用，但王进执意把它带在身边，作为对自己的告诫和警示。这次，王进按照工作流程顺顺利利地完成了工作。完成工作后，王进总算松了一口气。

跟电打交道，危险无处不在，往往在你意想不到的时候，给你来个“迎头一棒”。

在安装附件的工序中，王进再次经历了生死考验。那天，班组正在为220千伏临相线压接最后一档避雷线。王进系好安全带，将安全绳牢固地挂扣在地线支架的专用锚点上，脚稳稳地踩在横担的两根斜拉杆——这个经过精确测算的作业位置，既能保证操作灵活度，又能确保绝对安全。就在附件即将安装完成的时候，王进突然感到一股强大的冲击力向他袭来，整个人刹那间就被抛甩了出去。原来，因为施工质量问题，压接管没有压好，避雷线突然“抽”了回去。幸亏王进全身佩戴了安全带，在防坠落系统的作用下悬吊于空中，避免了直接跌落，但他整个人已处于昏迷状态。旁边的劳务工们见状，赶忙七手八脚地把王进拽下来，并想办法弄醒他。当王进睁开眼睛时，发现自己正靠在电杆边，眼前是大家一双双充满关切的眼睛。

站在铁塔底部向上仰望高压线

还有一次巡检作业中，王进和同事在测温时，发现500千伏邹川线引流板过热。在进行作业处理时，王进隔着屏蔽服的身体不小心碰到了发热部分，那一刻，他仿佛被一股无形的力量击中，整个人瞬间被弹飞了起来……

在220千伏临相线工程施工期间，正值寒冬腊月，北风如同野兽般在旷野中呼啸肆虐，扬起阵阵沙尘，直扑人脸。王进紧紧抓着冰冷的铁塔构件，费力地向上攀爬。虽然他没有恐高症，但在这样凛冽的寒风中进行高空作业，还是让他感到一阵心惊胆战。他每一步都走得小心翼翼的。随着高度的增加，王进的心跳也逐渐加速，额头上渗出细密的汗珠。他不敢有丝毫松懈，咬紧牙关，继续向上攀登。终于在经历艰难之后，王进站在了铁塔的顶端。

此时，王进早已被紧张和恐惧折磨得疲惫不堪，虚汗湿透了后背。冷风吹过，他不禁打了个冷战。眼前的景象让他感到既震撼又害怕。脚下是细长的导线，仿佛随时可能断裂；远方是连绵不绝的山脉，在寒风中显得越发苍茫。王进只能僵硬地挪动着身体，一步步小心翼翼地挪过绝缘子串，每走一步都像是踩在刀尖上一般……

此后，回想起那些在高空作业的生死瞬间、那些刻骨铭心的场景，王进不禁想起“安全无小事，安全大于天”这句话。他深刻地认识到，电力施工中的每一个环节都至关重要，稍有疏忽就可能酿成大祸。同时，作为一线施工人员，要不断提升自己的专业知识和应对突发事件的技能。

王进坦言曾有几次，他自己就要放弃这份工作了：“站在导线上，我只有一个想法，那就是回家，不干了！”然而，内心倔强的他也就在嘴巴上发发狠话罢了，在心里并没有真的选择放弃。他深知，自己选择的本就是一条充满挑战与艰辛的道路，只有迎面前行，才能让队长、班长和同事们瞧得起自己，才能不辜负父母充满期待的目光。

“接受阳光和风雨的洗礼，勇敢奔往你心中所向，累了倦了，回去睡上一觉，重新奋起。毕竟，人生这趟航程，潮落之后一定还会有潮起。”一天夜里，王进辗转反侧，无法入睡，便在本子上写下了这句话。

第六章 向上的小火苗被点燃

在范队长和身边师傅的影响下，王进逐渐理顺了心气，融入了集体。

队里的老师傅们对他要求非常严格，即便是他们已经完成的工作，仍会要求王进再去检查一遍。王进知道，这是老师傅们对他的关心和爱护，也是对他未来职业发展的负责。

大伙儿发现，从那段时间开始，王进的话变少了，连牢骚话也不发了。他穿着笨重的棉衣，扎紧安全带，一遍遍地爬塔、走线……无论天气多么寒冷，无论工作多么艰苦，无论受到谁的批评和训斥，只要对他有用的，他就虚心学习、认真借鉴。他按照老师傅们教的方法，一点点纠正自己不规范的动作和习惯，努力适应这份充满挑战的工作。

也是从那一段时间开始，王进对自己有了新的定位。他认识到，在工地上，除了师父把他看成学生，没有一个人会惯着他；他跟工友们都是一样的身份；要想干得好、干得快、干到位，只有一个办法，那就是多学习、多练习，多请教、多实践。

当时，王进的师父是一位工作经验十分丰富的老同志，不仅对自己要求严格，对徒弟也很严格。他常板着脸跟王进说："这个工作是与无影无形的电打交道，稍有不慎，后果就不堪设想。如果不愿学习的话，趁早别干这一行！"师父的话刺痛了王进，也从此深深烙在了他的心里。

干一行，爱一行；钻一行，精一行。在师父和同事们的帮助下，王进一有时间就埋头钻研各种输电线路的专业书籍和塔形金具图纸。从门形塔到酒杯塔，从单回线路到同塔双回线路，他逐渐学懂吃透了每一种塔形的攀爬方法和技巧。他虚心接受师父的指导、同事的建议，将这些经验记在心里，最后付诸实践。他和劳务工们一起挖坑、一起抬底盘、一起排杆、一起安装附件……几个月过去，王进的手掌磨出了厚厚的老茧，脸庞被晒得黝黑发亮，肩膀变得更加厚实，身体更加健壮有力，动作也越发娴熟流畅，举手投足间已显出行家里手的从容。

那个冬天，王进觉得自己仿佛一夜之间长大了。220 千伏临相线工程，他从基础开挖干到竣工验收，每个施工环节都坚持和劳务工一起干。

有一段时间，王进觉得自己已经将手中的活干得挺完美了，直到遇到一个工友——大伙儿都叫他“拐子”，当地话“瘸子”的意思。王进眼睁睁看着他一溜小跑地上了电杆，惊得目瞪口呆。这个外号叫“拐子”的工友，爬杆动作竟如此利落，让他既惭愧又佩服。真是天外有天人外有人啊！

从那时开始，王进就下定决心，以后每一道工序，都跟最厉害的人学，这样才能掌握最厉害的技术。

功夫不负有心人。在第一个工程结束时，那些善意的调侃声不见了，那些犀利的批评声也消失了。

完成首个工程后，团队稍作休整便投入第二项重要工程——东线 500 千伏照崂线东线工程的施工中。不同于常

高压线上的身影

见的输电线路，这条500千伏的输电线路全线不见一根电杆，取而代之的是一座座高大的铁塔，如巨人般矗立在苍茫大地上。

在青岛胶州杜村镇新落成的队部，各班组完成集结后，30余人组成的混凝土基础浇筑分队，前往各自的施工驻点。王进所在的这支分队负责张应镇东张应村段施工任务。他们在村办企业租用了一个宽敞的大院子，既作为临时驻地，又用来堆放项目所需的沙子、石子、水泥、混凝土等建筑材料。

施工队驻扎的院子坐落在村子西头，院外就是一条蜿蜒流过的小河。初到驻地时正值深秋，放眼望去都是金黄的秋色。河边还有一片树林，闲暇之余，王进他们时常去那里散步，看落叶纷飞，赏胶东半岛晚秋的苍茫景致，领略朝阳的清丽与落脚的静美。

随着冬天的临近，天气逐渐变得寒冷起来。胶东半岛历来就是有名的“雪窝子”，冬天的雪下得比别其他地方大，有时能下一天一夜，雪最深的时候能没过膝盖。由于工期紧张，不能等到积雪全部消融再开工，只要具备环境条件就得干活，哪怕是慢一点也没办法。

天寒地冻，尽管分队为过冬做了些准备，但流感病毒还是乘虚而入。不久，王进就患上了慢性支气管炎。夜深人静之时，王进那剧烈的咳嗽声仿佛能将肺叶咳出……同事们七嘴八舌地出主意，有人说这是肺热上火，需要清热降火；更夸张的是，还有人建议找蛇胆来——可天寒地冻的，去哪里找蛇啊！一位工友帮他找到了几个鸡苦胆作为替代品，却一点用都没有，真是“宋江的军师——吴（无）用”！

过了一个多月，王进才慢慢地康复。

当时野外施工的标准装配是一顶雷锋帽、一件军大衣、一双大兵靴，就是没有手套。王进没经验，忽略了这事。结果，一双手在那个冬天被冻得肿胀不堪。尤其是右手，手指肿得发亮，活像几根胡萝卜，只能用拇指和食指捏着勺子吃饭，没过多久左手也被冻伤了。十个手指头全都肿得不能打弯。即便到了夏天，王进的十个指关节也还是黑黑的。

经过数月的奋战，施工队终于在元旦前圆满地完成了建设任务。春节过后，王进回到了队部，此时驻地已迁移至胶南市市美乡。这里离繁华的青岛市区相当近，市区的高楼大厦依稀可见。队部租住的院子依然是乡间生活的浓缩版：几间陈设简单、风格朴素的平房，泥土铺就的小院略显零乱，只有院落中间的那口古朴的水井依稀散发出一股田园生活的气息。虽然这里是乡政府所在地，但整条街除了一家传统的羊汤馆，几乎找不出第二家像样的店铺。此时正值隆冬时节，工人们想要洗个澡都得搭乘乡间小巴前往 10 千米以外的大村镇澡堂。每次前往那里，王进跟工友们都带上自己备好的肥皂、洗发水、毛巾等物品，一路上说说笑笑。

“现在想起那些画面，感觉年轻真好！”王进一边讲自己的故事，一边感慨着。

日子过得很快，荒野上渐渐泛绿，春天的气息越发浓郁起来。这也无声地催促着施工进度——必须加快节奏了。组塔、放线、紧线等施工阶段，是决定质量高低的关键环节。大家都铆足了劲，生怕在自己的环节上掉了链子。刚满 20 岁的王进，经过一年多工地上的历练，如今已经能够在 36 米高的铁塔上灵活攀爬。每基铁塔上，他至少要对 100 颗螺栓进行认真检查。令人惊叹的是，他上午爬四基塔，下午再爬四基塔，收工后还有体力去打篮球。

按照公司规定，技校毕业生工作第一年是没有奖金的。因为表现突出，在参加第三项工程施工期间，王进凭借自己的努力和实力，当上了队上的测工，同时也成为同批学员里面第一个拿到奖金的。

在短短两年的时间里，王进先后参与了 5 条 220 千伏、1 条 500 千伏高压输电线路的施工建设。在这两年间，王进不仅掌握了扎实的专业知识和技能，更重要的是铸就了自己坚韧不拔的意志品质和吃苦耐劳的职业精神。即便后来调离山东送变电公司时，王进依然是队上最年轻的佼佼者。

王进（中）在篮球比赛中

第七章 远看像要饭的，近看是巡线的

“远看像要饭的，近看是巡线的。”曾几何时，有这样一段话在电力行业广为流传，生动勾勒出了王进他们这群电力巡线工人工作时的形象。此话虽略显戏谑，却一针见血地道出了他们工作的艰辛与不易。

他们时常需要在荒山野岭攀高爬低、肩扛手提。无论是烈日炎炎还是狂风肆虐，都阻挡不了他们的巡线脚步。刚换上的干净工装，只要在工地点走上一圈，便会被尘土和汗水染得斑驳；洗得干干净净的脸，转瞬之间便会被飞扬的尘土和泥垢覆盖，变得灰头土脸。

公司一位领导曾讲过这样一则真实的“笑话”——一次，公司一位巡线工翻山越岭地忙碌了一天，坐在国道旁边，正眼巴巴地等待班里的通勤车接应。由于住宿条件差，他几天没能洗澡，也没能及时换上干净的工装，在春天肆虐的沙尘暴里，他浑身上下裹着尘土，一副脏兮兮的样子。这时候，一位农村老大娘正好路过，一边往他的脚边扔下一元钱，一边说：“去买个烧饼吃吧。”这个巡线工愣了几秒钟后才恍然大悟，随即眼泪扑簌簌地流个不停。敢情，老大娘把他当成“流浪汉”了。回公司后，要不是领导的一番耐心开导劝慰，这小伙子差点儿就辞职走人了……

王进作为电力巡线工人中的一员，日常除了需要攀爬高大的铁塔进行检修，还要承担大量的电力线路维护工作，尤其是那看似轻松实则异常辛苦的巡线任务。

一般而言，每次巡线的直线距离都为 4 ~ 5 千米，这对于常人来说或许并不算远，但对于需要徒步穿行于复杂地形的巡线工人而言，其中却隐含着无法预料的挑战。

每次出去巡视，巡线工不能离身的物品有三样：用来观测路线的望远镜、记录隐患的笔记本、用于果腹的干粮

“全副武装”的王进在工作中

和水。巡查的对象有两个：一是铁塔本体，二是线路通道。铁塔本体检查主要包括三个方面：一是观察塔身有无残缺和裂缝，二是检查固定塔体的螺栓、销子有无缺失和松动，三是通过望远镜观察导线和导线上的绝缘子等有无破损。线路通道巡视则是重点检查线路下方和防护区内，是否有农民擅自种树、私自盖房子，是否有其他影响线路安全运行的设施。

时间回溯到2000年，那年冬天的经历对于年轻的王进来说，是他职业生涯中最难以忘怀的篇章。那是他第一次参与大规模的巡线工作，被派遣到了泰安、莱芜、淄博、济南四市交界的鲁中山区。这片区域地形复杂多变，山峦起伏，沟壑纵横，加上冬季气候变幻莫测，使得巡线路上状况百出，危机四伏。

那天清晨，王进和同事开着四驱越野车，意气风发地踏上了征途。然而，当车辆驶入鲁中山区腹地时，眼前的景象却让他们不禁倒吸一口冷气。山间小路已完全被厚厚的积雪覆盖，一夜之间变成了白茫茫的冰雪迷宫。四驱越野车的轮胎在冰雪上打滑，发出令人心悸的摩擦声。但无论怎么努力，它都无法在这崎岖不平的小路前进一步。面对这一突发状况，他们只能放弃车辆，徒步穿越这片茫茫山野。

那一年，鲁中山区的冬天格外寒冷，大雪如同天空中飘洒的羽毛，无声无息地覆盖了每一寸土地。雪花在空中飞舞、旋转，徐徐地落在树枝上、岩石上以及巡线工人厚重的棉衣上。整个山区被装扮成了一个银装素裹的世界。然而，这份油画般的“静美”背后，却埋藏着不为人知的凶险。

在大山的阳面，阳光偶尔能穿透云层，照耀在积雪上，反射出耀眼的光芒。这里的积雪深到膝盖，虽然行走有些困难，但尚能勉强前行。然而，一旦走到背阴面，情况就完全不同了。积雪在那里堆积得如同小山一般，厚度几乎齐腰。每迈出一步，都需要耗费巨大的体力，更不用说还要时刻保持警惕，以防不慎滑入雪坑之中了。

原来的巡线小路，在大雪的掩盖下早已踪迹全无。王进和工友只能凭借着记忆和直觉，在茫茫雪海中艰难前行。每一步都充满了不确定性，每一步都可能踏入未知的危险。为了应对这种困境，他们只能尽可能地减少负重，只随身携带一点干粮和水，以备不时之需。这些干粮和水虽然简陋，在这样的环境下，却成了他们宝贵的生命之源。

到了中午吃饭的时间，王进和工友找了一个背风地方，准备填饱肚子。此时，帆布兜里的矿泉水早已被冻成了一个冰疙瘩，变得结结实实的。然而，在这茫茫雪地上，哪里还有其他水源呢？无奈之下，两人只能抓一把积雪，就着干巴巴的面包，一口一口地吞咽。此刻，若能吃上一碗热气腾腾的泡面，对他们来说就是这冰天雪地里最奢侈的享受了。

电力线路往往架设在人迹罕至之处，巡线工人的工作环境也因此变得异常艰苦。在山上巡线还算好的，至少还有路可走，虽然崎岖不平，但总归能找到前行的方向。王进他们最怕的是那些河流密布的地方，这里的地形更加复杂多变，给巡线工作带来的挑战更加凶险。遇到小河还好，可以试着跳过去；然而，一旦遇到宽一些的河流，就只能绕道而行。有时候遇到大点的河流，多走一两千米也是常有的事。这样漫长的路程，不仅考验他们的体力，更考验他们的意志和毅力。

巡线工把两个基塔中间的距离叫作“一空”，这段距离平均在400米。一个冬日，王进独自在鲁北平原徒骇河沿岸巡线。他沿着农田土埂小路走了快4千米，脚底下的土软绵绵的，走得他的两条腿木木的，使不出力气。眼看还有最后“一空”就胜利在望，但面对前方数十米宽的徒骇河，王进也只能望河兴叹。看到河面已经结冰，王进心中一喜，从地上捡起一块石头扔了过去。听到回声很清脆，王进心里有底了，便壮起胆子踏上河面，蹑手蹑脚地往前走。走到河中央时，王进刚放松警惕，突然听到冰面发出“嘎吱嘎吱”的声响。王进吓得立即趴下，身体紧贴冰面，动都不敢动一下了。此时，四下无人，天地一片寂静。待头脑稍微冷静下来，王进开始试探着匍匐爬行，慢慢爬到对岸，总算度过了这惊心动魄的一劫。

“人生的路，不总是有捷径可走。”一场虚惊，让他多次感叹。

在人烟稀少的地方，王进经常要直面两个场景，即茫茫农田和连绵山脉。每次出去巡线时，除了带上必备的工具和食品，王进他们还经常手持木棍或者树枝，俗称“打狗棒”。可别小瞧这根“打狗棒”，穿过村庄的时候它就成了他们保证自身安全的利器；行走在蜿蜒崎岖的山路时，它又成了支撑他们前行的拐杖；进入树林的时候，还可以挥舞着它把面前的蜘蛛网拨开……

王进说，对巡线工而言，最令人煎熬的并非环境的艰苦，而是一路的孤独与寂寞。无论是崇山峻岭还是大河小沟，走上半天甚至一天也遇不见一个人影。这也意味着，巡线工巡线时往往一天都不能跟人说一句话。

更何况，一路上还要时刻提防着那些令人毛骨悚然的昆虫。王进最厌恶的便是蜘蛛、蜈蚣之类的小动物。这些小家伙虽然体形不大，却有着极强的生命力和繁殖能力。从一两毫米的小蜘蛛到拳头那么大的毒蜘蛛，他都碰到过。每当穿过丛林或者钻进玉米地、高粱地时，他都格外小心，生怕一不小心就被这些领地的“主人”黏在脸上，爬到身上。“那种毛茸茸、冷冰冰的感觉，一想起来都后背发凉。”王进边说边耸耸肩膀。

有一件事，王进至今都记得。2011年深秋的一个傍晚，在鲁中山区淄博地段，王进和工友何蒙分头巡线。临近结束时，两人约定同时赶到集合地点——一条山间峡谷里的小路会合。当时，王进站在一个山顶，虽然看不清对面山顶的何蒙，却能清晰辨认出他的声音。王进直接喊话，让何蒙到山脚下的小村庄集合。得到何蒙的回应后，王进就沿着峭壁下山了。在山下的村庄左等右等，却不见何蒙的人影，王进很着急，就给何蒙打电话，结果对方手机没信号。王进找到一户敞着大门的农家，向主人说明来意后，便借用他家的固话拨打何蒙的手机，却显示不在服务区。

王进怕何蒙出事——这荒山野岭的，山势又很陡峭。他不敢多想，立马凭着直觉奔向何蒙刚才所在的山头。他一边疾行，一边使劲大喊，直到嗓音嘶哑，最终在半山坡的一个小岔道处，找到了因为迷路正不知所措的何蒙。王进一把拽着何蒙的手，趁着天色未暗疾步走出了山区。

不过苦中也有乐。在巡线过程中，王进也意外地收获

班组技能培训

了一些意想不到的小惊喜。比如，时常可以品尝到各种各样的美食。有的是当地村民用自家种的柿子精心烹制的佳肴，热情洋溢地招待他；有的是他自己在山间偶遇采摘的野葡萄、酸枣，酸甜可口，别有一番风味。

在人迹罕至之地，王进还能看到常人难以目睹的风景——喜鹊、布谷鸟、老鹰在空中自由翱翔，美丽的羽翼在阳光下闪耀着金属般的光泽；狐狸、刺猬、獾等小动物在林间穿梭嬉戏，憨态可掬；还有各种不知名字的野花在山间绽放，灿烂夺目，五彩斑斓，犹如一幅绚丽的油画，令人仿佛置身于世外桃源。每每置身于此，都让王进感到心旷神怡，岁月静好。

时光如白驹过隙，转眼间这样的画面一页一页地翻过去了。在智能监控和无人机普及的今天，年轻人听王进讲述这些经历时，都恍如听天方夜谭。

但每当回想起那些独自巡线的日子，王进心中都会涌起一股股苦中带甜的暖意。

第八章 系好带电作业『第一粒扣子』

2001 年初，在改革浪潮中，国网山东电力公司检修公司（国网山东电力公司超高压公司前身）正式成立，肩负起保障山东省及周边地区电力供应安全稳定的重要使命。当时，这个新兴领域面临专业技能人才匮乏的困境，特别是缺乏具备专业技能与应急能力、能够在极端条件下确保电网正常运行的输电运维人才。

正是在这样的背景下，王进从工作两年的山东送变电工程公司，被选调到国网山东电力检修公司这个新单位，从此踏上了超高压线路带电检修这一充满挑战的新岗位。

带电作业，这个听起来就让人头皮发麻的工作，其危险性远超常人想象。保险公司往往对此类高风险作业持审慎态度，甚至拒绝承保。然而正是这样的岗位，吸引了一批像王进这样敢于挑战极限、追求卓越的电力工作者。自踏入这个领域，王进一干就是 20 多年，用实际行动诠释了什么是责任与担当，也因此被同行誉为“刀尖上的舞者”。

正式到新岗位报到前，王进曾从老同事那里听到过不少关于这个岗位的“玩笑话”。他们调侃说王进的新工作“高大上”。王进不明就里，只觉着挺带劲的。怀着这样的期待，王进兴高采烈地前往报到。然而，当他真正站在那座高达 30 多米的铁塔上，面对着需要攀爬上去并承受 500 千伏高压电的现实时，兴奋瞬间转为惊愕。他想象不出“高大上”的背后，等待他的是怎样的一种艰辛与挑战。

到新公司不久，单位进行了一场全员摸底考试，旨在了解每位员工的技能水平与潜力。凭借着扎实的基本功和突出的表现，王进毫无悬念地被分配到了对技术要求最高的带电作业班。

2001 年，王进参加带电作业证考试时，第一次亲身体

王进在山东 500 千伏淄潍线进行等电位带电作业

验到了高压带电作业的惊险。那天，第一个上场的是他的一个同事。那位排在前列的同事在众人的注视下，鼓起勇气攀上了软梯。然而，当距离高压线仅剩五六米时，随着放电声的逐渐增强，他的恐惧感急剧攀升。尽管大家都在不断地鼓励他，甚至用上了善意的激将法，但这位同事还是紧紧抱住软梯，死活不愿再向上爬。最终，大家只好用绝缘绳将他硬“拽”了上去。

当轮到王进上场时，他心里很是忐忑不安，双腿也在不停地打战。他不断地问自己：“上还是不上？是鼓起勇气大胆尝试自己上，还是让同事用绝缘绳硬将自己拽上去？”关键时刻，前期做示范动作的班长和老师傅用过来人的口吻鼓励他：“怕什么，我不也安全地下来了吗？”“不要怕，完成任务下来我请你吃大餐！”这些朴实的话语充满了关切，让王进感受到了团队的温暖与力量。

终于，在众人的鼓励下，王进鼓起勇气，开始攀登软梯。然而，就在他即将靠近高压线的那一刻，他的手指尖突然与导线拉出了一道长电弧，蓝色的光芒在指尖跳跃，滋滋作响。王进的心一下子提到了嗓子眼儿。但他知道，犹豫和退缩只会让自己更加畏缩不前。于是，他心一横，咬咬牙，伸手一把抓住了导线！就在接触的那一瞬间，一股强大的引力将他拉进电场——他成功实现了等电位。

至此，王进顺利完成了人生第一次带电作业任务。也在这“摸电”的一瞬间，与带电作业结下了不解之缘，实现了职业生涯的重要突破。

就在拿到带电作业证的兴奋与忐忑还没消退之际，王进突然接到通知：单位选派他参加山东省 220 千伏带电作

王进带电更换间隔棒

业技术比武的选拔。凭借扎实的理论知识、丰富的实操经验、过人的胆识和智慧，王进毫无悬念地脱颖而出，成功入选单位参赛代表队，成为三名正式选手之一。

比赛时，根据能力评估，王进被安排为等电位作业人员。那时，刚刚接触带电作业的王进，心里仍充满忐忑。但在正式比赛中，他在山东送变电公司期间练就的坚实基本功，使他立刻就成为全场的焦点：上下电杆，他只用了他人三分之一的时间；每个操作动作都准确到位，整套流程如行云流水。最终，这个刚刚接触带电作业的年轻人，获得了全省个人第四名的好成绩。

在随后的职业生涯中，王进持续突破自我，不断刷新带电作业领域的纪录。他先后参与数百次高压线路检修任务，每次都凭借精湛的专业技术和无畏的敬业精神，保障着电网的安全稳定运行。他也因此成为同事们心中的“王大拿”和年轻人眼中的榜样“进哥”。

“所有的付出都是会有回报的，只是有的回报快些，有的回报会慢些。”回忆起自己多年来的“云端超人”生涯，王进感慨万千。

在平凡的岗位上执着坚守，铸就了非凡的成就。20余载寒来暑往，王进不仅亲历了我国电网从低压到特高压的跨越式发展，更以孜孜不倦的学习精神、勇于创新的实践智慧，谱写了新时代中国电网工人的职业传奇，并迅速成长为行走在云端的大国工匠和光明守护者。

第九章 刻骨铭心的三次抢修

"人生从来不是爽文，都是脚踏实地的过程。"王进特别喜欢这句话。在接受采访时，王进数次中断自己的叙述，他湿润的目光透出对往事的追忆。王进说，在他的职业生涯中有三次紧急抢修，让他刻骨铭心，并让他深刻体味到平凡工作中蕴含的不平凡意义。

第一次，500 千伏邹川线抢修。

2005 年 7 月的一个深夜，月光被浓厚的云层遮蔽，整个泉城都沉浸在梦乡中。突然，一阵刺耳的手机铃声打破了家中的宁静。屏幕上“刘班”的来电显示让王进心中一紧——紧急任务来了。“王进，500 千伏邹川线突发故障跳闸，情况紧急，速回公司参加抢修！”电话那头传来班长刘兴君焦急的声音。

王进没有丝毫的迟疑，迅速翻身下床，边穿衣边分析可能的故障原因。他深知，电力抢修就是与时间赛跑，与危险较量。15 分钟后，王进已经骑上他那辆老旧的自行车，穿行在空旷的街道上。夜风带着一丝凉意，但他无暇顾及，心中只有一个念头：必须尽快赶到公司。

赶到公司时，王进发现同事们已经结集完毕。大家的脸上都写满了紧张和急迫。刘兴君简短地介绍了情况：500 千伏邹川线因突发故障导致跳闸，虽经紧急合闸恢复供电，但线路仍然存在随时断电的隐患。带电作业班必须紧急赶到莱芜，排查并清除故障。王进迅速穿戴好防护装备，清点完工具，与同事们一起从仓库领来抢修装备装车。他们乘坐的那辆猎豹越野车，车身在夜色中显得格外醒目。

驶离公司时，天边还依稀能看到几颗星星在闪烁。当车辆驶入济南西高速入口时，天空突然变得阴沉起来，紧接着便噼里啪啦地下起了雨。雨势逐渐变大，正值后半

王进作为等电位电工在 500 千伏邹川线开展带电作业

夜，高速公路上车辆稀少，只有这辆载着抢修队的越野车在疾驰。行至济南和泰安交界处时，暴雨突然倾泻如注，雨刮器在挡风玻璃上紧张地工作着，仿佛在与暴雨抗争。即便开启了远光灯，也只能看到前方 10 米以内的路况。司机双手紧握方向盘，不敢贸然刹车，只能保持匀速继续前行。车内的气氛异常紧张，每个人都紧绷着神经，只盼能够尽快抵达故障现场。

早上 5 时许，抢修队终于赶到莱芜。天色依旧阴沉，但雨势已经小了许多。根据班长的安排，王进和同事杜远组成一组，负责排查十基铁塔及附属电路。两人立即分头行动，沿着崎岖的山路展开巡查。经过昨夜暴雨的冲刷，莱芜山区沟满渠平，就连羊肠小道也被积水淹没。王进和杜远小心翼翼地踩着水前行，仔细检查线路并记录可疑故障点。雨水浸湿了他们的衣服和鞋子，但他们却浑然不觉，心中只有一个念头：尽快找到故障点！

正午时分，班长打来电话说已经发现了故障点，通知王进和杜远立即归队。两人深一脚浅一脚地下了山，终于找到停在路边的大依维柯车。此时，他们早已疲惫不堪，一上车就瘫坐在座椅上动弹不得了。半梦半醒中，突然听到有人喊“饭来了”，他们这才发觉肚子已经饿得咕咕叫了。然而，散了架的身体却一点力气也没有。大概过了一刻钟，大伙儿才慢慢地缓过劲儿来。他们互相搀扶着起身，喝着热水，吃起了热气腾腾的大包子。

经现场勘查分析，故障系前夜雷击所致。锁定故障点之后，问题就好解决了。大家吃完包子，带上专业工具又上山了。他们齐心协力将受损的复合绝缘子拆卸下来，换上新的绝缘子。

第二次，正月十五辛聊线保卫战。

2010年正月十五，正值元宵佳节，家家户户都沉浸在节日的喜悦之中。然而，对于在电力企业工作的王进来说，这一天的午饭却吃得格外匆忙。刘班长的电话像一颗石子投入平静的湖面，打破了节日的宁静："500千伏辛聊线出现故障，情况紧急！王进，马上回公司组织抢修！"

电话就是命令，王进深知500千伏辛聊双线的重要性。这两条线是山东电网与华北电网的联络线，一旦出现问题，将直接影响到整个区域的电力供应。他二话不说，放下碗筷，小跑到车库，启动车辆，以最快的速度向公司赶去。路上，王进不断回想着辛聊双线的线路图，以及可能遇到的抢修难题。他知道，时间就是效率，早一刻到达现场，就意味着能早一刻恢复供电，让千家万户在元宵之夜

王进与同事带电修补导线

免受停电之苦。

到达公司后，王进以最快的速度备好所需工具，并亲自装车。下午 2 时许，他坐着工友赵民开的小依维柯车，踏上了前往聊城的征程。然而，天公不作美，当天大雾弥漫，道路结冰，高速公路由于安全原因全线封闭。面对这样的困境，王进和赵民只能改走国道。好在赵民是个经验丰富的老司机，尽管浓雾弥漫，能见度极低，但赵民凭借多年的驾驶经验，小心翼翼地避开每一个潜在的危险。当车开到路口时，连红绿灯都难以辨认，赵民只能凭借经验判断，缓慢通行。

正常情况下，这段路只需一个小时就能到达聊城，而那天他们却耗费了整整 5 个小时。终于，在傍晚时分他们抵达了抢修现场。将车辆停靠在柏油铺就的乡村公路后，王进和抢修队员迅速下车勘察线路情况。王进走到离线路不足百米的地方时，惊讶地发现线路竟然在“舞动”。

辛聊双线采用同塔并架设计，每基铁塔配置六相导线和两根避雷线。每相导线都是四分裂的 4×400 平方毫米导线。两基铁塔之间单相导线的重量均超过一吨。然而此刻，这些重达数吨的导线却如同跳绳一般在空中不规则摆动，导致相间短路跳闸。铁塔在导线不同步摆动产生的巨大拉力的作用下，不断发出令人心悸的金属扭曲声，随时可能发生倒塌的事故。

面对这触目惊心的场景，王进和抢修队员既震撼又困惑。他们知道，在大自然的伟力面前，人类的力量显得如此渺小——抢修人员既无法靠近线路，也不能冒险登塔，更难以遏制这种由自然力量引发的导线舞动现象。无奈之下，他们只能就近找个宾馆住下，等明天再到现场应对处理。

辛聊线是给聊城供电的主要线路之一，而这一天又是元宵节。为了让聊城人民过上一个灯火通明的节日，公司决定采取一切必要措施尽快恢复供电。线路因放电跳闸后，变电站会自动进入重合闸操作；若重合闸失败，则转为线路停电检修，随后实施人工手动合闸。如此反复操作，在不到 24 小时内，变电站已累计执行了 100 多次重合闸操作。

公司明确表态：宁可承担设备损耗风险，也要确保聊城人民元宵佳节正常用电！

正月十六早上，天刚蒙蒙亮，王进和抢修队员就赶赴线路现场。此时，导线“舞动”虽然已经停止，但现场一片狼藉。王进立即组织抢修队员分组展开全线排查。经系统检查发现：导线存在多处断股损伤，铁塔多处部位变形严重，连混凝土保护帽表面都出现了裂缝。情况比预想中的要严重得多。

上午 10 时许，太阳终于露出了笑脸，给寒冷的工地带来了些许温暖。在阳光的照射下，导线上的覆冰开始一段一段地往下掉，冰凌长度从几米至几十米不等。王进和抢修队员顾不上欣赏这难得的“美景”，心中只有一个念

王进带电补装销钉

头——趁着天好，抓紧抢修。

铁塔本体的缺陷相对容易修复，只需要一根根地更换角钢即可。然而，导线修复起来就复杂多了。断裂处基本上都是位于压接管附近，而且整根整根齐整地断开。这意味着需要把整个压接管连同导线一起换掉才行。此外，间隔棒靠近导线的地方也被磨掉了一层，需要先用预绞丝修补导线，再更换新的间隔棒。

面对如此艰巨的任务，王进和工友们没有丝毫退缩。他们咬紧牙关，争分夺秒地进行抢修。在抢修过程中，王进时刻提醒工友们注意安全，确保每一步操作都严格规范。经过整整两天的不懈奋战，王进和工友们终于把所有受损的铁塔和散乱的导线更换完毕。当最后一根导线稳稳地固定在铁塔上时，他们终于舒了一口气，疲惫的脸上露出欣慰的笑容。

“这么多年，除了刚开始当学徒工那会儿，压力没有像这次这么大过。爬塔的时候，我甚至不确定抓握的角铁是否已经开裂；走线的时候更是提心吊胆，根本无法判断前方的导线是部分断裂还是整根断开的。但是，大家只能咬紧牙关，一寸一寸地向前推进，只想着要用最快的速度抢修完，让线路尽快恢复安全运行。”

回想起当年抢修辛聊双线线路的情景，王进依然感到责任重大，心头沉甸甸的。

第三次，培训期间的“上春山”。

2015年4月初的一天，带电作业班全员到泰安电力专科学校参加业务培训。这个春天热得有点提前，个别工友甚至只带了件短袖衫就去报到了。王进多年来养成一个习惯，只要四五月份出远门，他肯定多带几件厚衣服，因为他出生在四月，出生那天很冷。这次的衣服还真带对了——到泰安的第二天气温骤降，王进笑着把衣服借给了几个“冻友”。

不料，又来活了！午餐过后，公司打来紧急电话，告知济长500千伏线路五峰山的一处导线绝缘子球头断裂，需要马上进行带电抢修。全班立即集合，乘车奔赴长清五峰山，同时工器具也从济南运往目的地。

人和工具到位后，王进和工友们花了约一个小时登上山顶，找到故障铁塔。故障点很明显：只需登上塔顶后用机械丝杠把导线提起来拧紧即可，然而当天恶劣的气候条件和特殊地形给抢修工作带来了巨大的挑战。先说地形，由于故障基塔位于连续三级上坡的特殊位置，致使绝缘子承受的拉力从平时的2吨骤增至4吨，整整翻了一倍；再加上气温偏低，更给施工增添了不少难度。

班组共携带了三套屏蔽服，王进和一名工友率先登塔作业，在地面人员手电筒的照明下，费尽周折才把断裂的球头更换完毕。由于丝杠受力过大，拧动时发出了刺耳的金属摩擦声，两个内齿竟然给磨平了，吊杆怎么也拆不下来。此时，两人已大汗淋漓，但无济于事。怎么办？

站在地面指挥的负责人，见此情景当机立断：把吊杆锯断！这才很快地解决了问题。

此时已是凌晨时分。下塔后，脱下屏蔽服的王进和工友浑身湿透，冰凉的衣物紧贴在身上，又没有可替换的干衣服，在“倒春寒”的山风中被冻得瑟瑟发抖……大家强忍寒意，迅速清点完工器具，按照上级指示直接返回公司。来不及回家换洗衣服的王进，只在值班室裹紧棉大衣勉强打个盹儿。天亮后，他又像往常一样，投入新一天的工作中……

每一次迎难而上，每一次咬牙坚持，都是因为他们心中有“光”照耀。而这个“光”就是他们身后的万家灯火。

第十章 工地上的创新能手

“哪个人一生下来都不是三头六臂，即便是哪吒，也是一天天长大的，不过是长得快而已，书上说是‘一日三长’。王进刚进带电作业班时，是个很不起眼的愣头青，当时对他最大的印象就是感觉他活泼好动。”王进刚到带电作业班时的第一任班长刘兴君，至今说起弟子王进仍是满脸笑意。

那是 2001 年初春，全班总共就 7 个人。班长刘兴君年龄最大，那时也不过才 36 岁。如今的刘兴君早已退出一线，在公司安监部担任安全督查工作。

当时，带电作业在全世界都属前沿技术，在专业教科书上也找不到只言片语。班组成员虽然都是电力系统出身，但来自发电、变电等不同专业，对这种“带电高空作业”的全新领域完全陌生。初次听到这项工作时，不少人当场就变了脸色，手心直冒冷汗。

理论学习阶段，每个人都如饥似渴地吸收着新知识，王进也不例外。他思维敏捷的优势在这里得到充分展现，总能以最快的速度理解并记住那些复杂的原理和步骤。然而，真正的考验还在后面。当理论学习结束，轮到实战演练时，小伙伴们开始缩手缩脚——毕竟，这可是要在高压电塔上进行作业，稍有不慎，后果不堪设想。

这时，班长刘兴君挺身而出，说：“我是班长，我先上！”只见他干净利落地完成了全套操作，给全班人员吃下了一颗定心丸。随后，大家开始轮流登塔作业，这才有了前文描写过的那一幕——王进在首次实操考核中的亮眼表现，给所有工友留下了深刻的印象。

“这小伙子，行！”刘兴君看完王进的操作，当场就在心里默默给了个“好评”。

适逢中国超高压电网建设大发展的时代浪潮，短短半个月的岗前培训转眼就结束了。刚回到公司还没来得及休整，整支队伍就立即开赴济（南）淄（博）线工程现场，随后又马不停蹄地赶赴邹县电厂……

“带电作业任务最繁忙的时候，一天要辗转三四个工作点，用‘披星戴月’来形容绝不为过。”班长刘兴君回忆说。当时任务量特别大，班里人手又少，如果同时有两三

王进在班组技能培训上授课

个人出去培训，剩下的人就得扛下所有任务。最紧张的一年，每人全年回家的时间加起来还不到十天。

王进是个急性子，看到工友动作慢就忍不住念叨两句，看到工友操作不规范又会上前说几句……每当这时，刘兴君就瞪他一眼，将他叫到没人处，语重心长地提醒："带电作业容不得半点急躁，跟同事沟通要讲究方式方法。"在他眼里，王进就是个孩子，不能让他的"小脾气"肆意生长，必须因势利导，扶着他茁壮成长。

刘兴君还真没看走眼。王进身上虽然有看似"毛躁"的毛病，但更突出的是他处处体现的用心。每当发现工作进度遇到瓶颈或推进缓慢时，在其他同事习以为常的情况下，王进却总把这些问题放在心上，没事就琢磨能否通过改良工器具或者优化工艺流程来提高工作效率。

除了日常带电作业，王进当时还负责管理带电仓库。这个存放各类专业工器具和物料的库房，让他比其他队员有更多机会接触、研究这些辅助装备。

保护绳是带电作业人员的"救命绳"。作业时必须将其可靠地固定在导线上，一旦意外发生，作业人员可以借助保护绳悬吊在半空，避免高空坠落事故。作业完成后，需要用"钩子"——专业解锁工具解锁保护绳上端的闭锁装置，待保护绳与导线完全分离后就可以下塔了。

但让作业人员担心的是，这个“钩子”有时不听话、不好使，关键时刻时不时地打不开“闭锁”装置。这要是遇到紧急情况，可就是个大隐患。在获得班长的支持后，王进潜心钻研，仅用了几个晚上就成功研制出卷帘式的解锁装置。新装置采用一键式操作设计，作业人员只需单次发力就可以快速打开“闭锁”，彻底消除了安全隐患。这项创新不仅将解锁效率提高了70%，还大幅增强了高空作业的安全性，受到领导和同事们的一致好评。

对输电线路运维而言，鸟巢绝非自然“景观”，而是必须清除的重大隐患。刘兴君，这位经验丰富的输电线路维护人员，对此有着深刻的认识。他常常这样教导新员工：“外行人可能不理解，小小的鸟巢能对电线起什么破坏作用。的确，在晴天丽日之下，鸟巢一般是无害的，但若是遇到雨雪天气，这些用来建筑鸟巢的材质——无论是树枝还是其他杂物，都会因潮湿而形成导电通道。这样一来，整个鸟巢就像一个巨大的导体，轻则引发线路跳闸，重则导致设备烧毁。这类故障将产生连锁反应——居民区突发停电影响日常生活，工业企业生产中断造成经济损失，交通信号系统瘫痪危及公共安全，其带来的社会影响和经济损失难以估量。

为此，班里专门下了“死命令”：“发现鸟巢必须在第一时间把它清除掉。”有一次，在淄博周村区一个偏远的乡村执行任务时，刘班长带队发现了一个特别大的鸟巢。这个鸟巢看起来有二三十斤重，筑在高高的输电线上，十分显眼。鸟巢的正下方是农民的蔬菜大棚，北侧则有一个废品收购站。显然，筑巢的鸟儿就地取材，用收购站的铁丝混合着树枝，筑造了一个质量上乘的“钢结构”性质的大窝。

面对这样一个“庞然大物”，王进和班组成员迅速行动起来。他们配备了绝缘钳、液压剪等专业工具，准备将这个鸟巢一举拿下。然而，说起来容易做起来难，拆除这个铁家伙可没那么简单，需要带电作业不说，关键是铁家伙结构坚固，铁丝与树枝紧密缠绕，使得拆除工作异常费劲。王进和班组成员费了九牛二虎之力，才看到了成功的曙光。然而，问题又来了。鸟巢虽然能够被拆除，但也不能眼睁睁地看着这个像铁笼子的鸟巢从天上掉下去，落在蔬菜大棚上，砸坏农民朋友的“钱袋子”啊！

这可怎么办呢？刘班长看着王进，说道：“你小子鬼主意多，想个周全的法子，以免给菜农添乱！”王进领命后，迅速环视现场一圈，很快就有了主意。他看着现场摊在地上堆放工具的帆布，心想这不就是现成的“网兜”吗？于是，他立刻指挥两名带电作业人员各执帆布一端，然后再腾出一只手来剪断最后的连接铁丝。通过默契配合，他们用帆布稳稳接住了鸟巢，缓缓将它安全转移到地面，既完成了清巢任务，又确保了下方的蔬菜大棚完好无损。

在输电线路运维中，塑料大棚膜时常成为潜在的安全隐患。在一个风雨交加的天气里，“蔬菜之乡”潍坊寿光市有一大片塑料薄膜被狂风卷至高压线上。接到紧急抢修任务后，带电作业班迅速赶到现场。他们知道，干燥环境下塑料本身不导电，但若遭遇雨雪天气，塑料薄膜表面上附着的水分就会形成导电层；即使只是早晨的露水凝结，也足以使其转变为导体或半导体，从而引发线路跳闸事故。

面对高空中既难以触及又不易清除的塑料薄膜，抢修人员一时犯了愁，用什么工具能将它一除了之呢？大家议论纷纷，一时之间却难以找到合适的解决方案。这时，刘班长指了指王进，王进立马会意。他皱起眉头，沉思片刻后灵机一动，找来铁丝，将其缠来缠去，做成了一个简易的“狼牙棒”。

行走在云端的王进

大家看着王进手中自制的“狼牙棒”，起初都有些半信半疑。然而，当作业人员携带着它登上塔，一阵子“划拉”后，竟成功清除了缠绕在导线上的塑料薄膜，为输电线路消除了安全隐患。

作业结束，现场同事纷纷向王进投去敬佩的目光，由衷赞叹道：“没想到，王进的这个土办法还真管用！”

……

从初出茅庐的新手到带电作业的技术骨干，王进深刻领悟到一个道理：只要用心去做，就没有什么是做不到的。回顾当年的工作历程，王进感慨地说：“那时候条件差，只能采用这些简易手段。现在可不一样了，随着科技的进步和现代化设备的引入，使得许多技术难题迎刃而解。就比如对付鸟巢，现在使用手持激光仪一扫就完事了。”

在输电线路的维护工作中，电力工作人员不仅要应对恶劣天气和复杂地形，还需防范各类潜在的安全隐患。鸟巢和塑料大棚仅是众多隐患中的代表。这些看似微小的安全隐患，却直接关系着千家万户的可靠供电，同时也考验着每位电力工作人员的专业素养与应急处置能力。

如今，输电线路运维工作已建立起科学化、标准化、高效化的作业体系。面对这样的技术进步，有些人也许会想：当一名电力工作人员挺好的，什么有趣的事儿都能遇到，干起活来跟玩儿似的。“那可不是玩，而是玩命！但正是凭借这玩命地拼、玩命地干的敬业精神，以王进为代表的这些年轻人才能淬炼成钢，成长为我国带电作业领域的行业标杆。”老班长刘兴君深有感触地说。

为了有效预防导线因风振、温差等因素导致的电晕放电现象，王进等带电作业人员必须按照严格的规程，定期给输电线路上的导线“穿上重甲”——安装防振锤。这种防振锤，单片重达 20 千克，采用高强度铸铁打造而成，单次作业需要安装 14 片，总重达 280 千克。这项高空负重作业对作业人员的体能和技术都是严峻考验。

输电线路如同维系经济社会运行的动脉网络，既遍布城市各个区域，又延伸至偏远山区。在崇山峻岭间，一座座铁塔巍然屹立，保障着电力的稳定传输。然而，复杂的地形条件给运维作业带来严峻挑战：运输防振锤的工程车辆往往行至距离铁塔一二百米的地方，就因崎岖的山路或是茂密的植被而无法继续前进。这时，带电作业人员便用自己的双手，将这些单片重达 20 千克的防振锤一片片搬运至塔基，再通过专用滑轮系统，将防振锤一片一片地吊装至数十米高的铁塔作业平台。

在等电位带电作业环境下，每一个操作环节都必须严格遵循安全规范。安装防振锤时，王进和班组成员必须确保螺栓紧固力矩完全达标——力矩不足可能导致设备松动，力矩过大则可能造成螺纹滑丝，更可能因不当发力导致作业人员腰部肌肉拉伤，甚至引发高空坠落等严重事故。试想一下，在数十米的高空作业平台上，耳边只有呼啸的风声与导线放电的嗡鸣声，手中握着温度骤降的金属构件，每一个标准动作的实施都是对专业技能与心理素质的严峻考验。

因此，当作业任务完成，王进从数十米高的铁塔安全返回地面时，那句“光剩下魂了，感觉身体都不是自己的了”的感慨，道出了常人难以体会的高空带电作业的艰辛。

带电作业班还承担着另一项高难度任务——更换输电线路上的绝缘子。传统的瓷质绝缘子虽经年耐用、性能可靠，但新型复合绝缘子凭借更优异的机电性能正逐步替代旧型产品。然而，更换新型复合绝缘子远非易事，尤其是将单串重达 300 千克的绝缘子从高空安全拆卸运下来，更是对团队协作与智慧的极限挑战。针对这一难题，王进团队想出了解决办法，上方作业人员利用绳索先将拆卸好的绝缘子捆绑结实，下方工作人员则通过滑轮系统协同控制绝缘子的下滑速度，整个过程宛如一场惊心动魄的“空中拔河”。双方力量必须均衡，稍有不慎，就可能导致工作人员被吊起，悬于半空……这是对作业团队技术功底、协同配合、心理素质的全面考验！

2018年7月的一个大热天，阳光如烈火般炙烤着大地。接到500千伏济长线避雷线线夹带电更换的紧急任务后，带电作业班迅速完成集结。作业地点位于长清区风景秀丽的五峰山脚下，但作业人员无暇欣赏，为提高工作效率，带电班分成三个作业小组，分别负责相邻山头区段的同步检修任务。

王进带领的三个班组成员负责检修马路南边山顶的两基铁塔。他们扛着数十千克重的专业工器具徒步登山。王进还需额外携带一整箱的矿泉水。在持续高温下，他们的汗水如雨滴般滑落，浸湿了衣衫。经过4个小时的紧张作业，一箱矿泉水早已见底。完成作业下山时，队员们已都已处于严重脱水状态，补充水分后，仍因体力透支连说话的力气都没有。这时，王进的电话突然响起，来电说相邻作业点的同事李政中暑，急需援助。王进立即赶赴现场，组织救援。此时，李政已陷入昏迷状态。王进和另一名工友试图将李政抬下山，但无奈力不从心。他们迅速拨打120求助，由于山路崎岖，救护车也无能为力。王进迅速召集8名工友，借用120的担架，将李政安全转运至山下，并及时送往医院抢救，最终成功救治。

对于王进及班组成员来说，类似上述的野外作业突发事件早已见怪不怪了。即便如此，他们也始终保持着高度警觉，在严格执行安全规程的前提下，确保每一次线路故障都能得到及时排查和修复。

第十一章 『绝活』是这样练成的

王进很聪明，也很有心。只要一有时间，他就埋头研究输电线路专业文献和塔形金具技术图纸。经过数年积累，他已熟练掌握软梯法、秋千法等多种等电位作业方法。他深知超高压电网塔高、线粗、金具重量大，对作业人员的体力要求极高。因此，他特别注重体力锻炼，努力将理论学习、实操训练与体能提升系统结合起来。在日复一日、年复一年的专业积累和实践锻炼中，王进逐渐实现了理论知识与实操技能的深度融合。

“飞身上塔，身轻如燕；进出电场，凌波微步。四两千斤，举重若轻；隐患缺陷，手到病除。”这四句话，是同事对王进带电作业本领的形象化概括。

爬上高耸入云的铁塔与高压导线亲密接触，在一般人看来，每一次都是出生入死的考验，每一次都是惊心动魄的历程。但在王进眼里，这一过程见证了他从初期心头发怵、脚底畏缩、踌躇不前，至如今从容镇定、技艺精湛的职业蜕变。

王进的三大“绝活”，不是神话，却比神话中的故事更加真实动人。

王进的第一个绝活是“二郎神的眼睛”——一眼准。这项能力不仅需要敏锐的观察力，更是多年现场经验与技术理论深度融合的体现。在错综复杂的输电网络系统中，他能迅速捕捉到那一丝不易察觉的异常，能在电光石火间定位故障位置。这种专业能力的形成，源于他对线路设置的系统观察，是对运行参数的精确记忆，以及对电力知识的掌握和理解。

第二个绝活是“孙悟空的手段”——一招准。这是对王进精准操作能力的生动描绘。在带电作业这一高风险领域，他总能找到最优解——以最安全、最高效的方法解决

王进在 500 千伏华贝线停电检修中

问题。这项能力需要极高的专业技术，更依赖丰富的应急处置能力和创新性思维。王进就像孙悟空那样，面对复杂工况，总能灵活运用规程标准，创造性地解决问题。他的每一次操作，都是对“艺高人胆大”的最好注解。

第三个绝活是“唐三藏的心态”——一心平。这是王进最难能可贵的精神品质。有人说，真正的勇士不在于战胜了多少敌人，而在于能否在极端环境下保持内心的平和与冷静。在一百多米高的高压带电作业环境中，面对肆虐的狂风、刺眼的电弧，王进始终能保持高度专注与沉着冷静，仿佛外界的一切喧嚣都与他无关。这种专业心理素质，是无数次生死考验中磨砺出来的，体现了电力工作人员对生命安全的高度负责，对专业标准的执着坚守。

然而，这三大绝活的背后，是王进用无数个日夜的坚守与执着铸就的传奇。这个听起来就让人心生畏惧的职业，对王进来说，却是刻进生命里的使命与担当。超高压线路往往在崇山峻岭之间蜿蜒，环境恶劣，交通不便，每一次高空作业都是对技术与勇气的双重考验。

夏日，高温酷暑，铁塔上更是热浪滚滚，中暑成了家常便饭。王进常常笑称：“如果作业结束后衣服是干的，要么是工作时间太长，湿衣服被风吹干了；要么就是中暑严重，身体已经不出汗了。”而后者，往往意味着离中暑晕倒已经不远了。即便是三伏天气，带电作业也是全封闭的，就像蒸桑拿一样，而且往往要蒸上四五个小时。下塔后，整个人像从水里捞出来的，全身都虚脱了。

2008 年夏天，500 千伏辛聊线突发导线破损事故，急需带电抢修。面对这一紧急任务，王进毫不犹豫地主动请缨。赶到现场后，他顶着烈日，爬上 50 多米高的铁塔进行带电作业。当时正值盛夏，天气炎热，铁塔表面温度已经逼近 60 摄氏度。刚进入强电场，王进就感到一阵眩晕，四肢发软——严重中暑的症状。他瘫倒在导线上无法动弹。危急时刻，年轻的王进凭借过硬的身体素质和反应能力，在意识模糊前迅速将自己固定在导线上。然后，他强撑着用对讲机与地面沟通，请地面人员传送两瓶矿泉水给他。当时，他虚弱得连拧开瓶盖的力气都没有，只能勉强拧松瓶盖，然后用颤抖的双手捧着水瓶，像婴儿般一点一点慢慢地吸吮水分。等出了一身大汗，感觉舒服一点后，他便以惊人的毅力坚持完成了抢修工作。下塔时，王进的体力已经严重透支，肌肉甚至出现痉挛。

冬天，出于安全考虑，屏蔽服外面严禁添加衣物——任何织物都可能因为电弧引发燃烧。所以，即使在零下十几摄氏度的严寒中，带电作业人员最多也只能穿一件羽绒马甲。厚重的羽绒服是绝对禁止的，因为过厚的衣袖会严重影响操作的灵活性。在间距仅 40 ~ 50 厘米的子导线之间穿行时，穿多了根本不能钻进去。当蹲在 50 米甚至上百米高的铁塔风口处，刺骨的寒风穿透单薄的工装，仿佛赤身裸体般寒冷彻骨。但在这个高度上，靠天靠地都没用，除了咬紧牙关进行抢修，没有别的选择。

王进介绍说：“按照电压等级划分，500 千伏带电作业使用的屏蔽服是不配备面罩的。”当作业人员坐在高压导线上，置身于强电磁场中心时，身体的裸露部位会产生三种独特的电生理反应：

首先是“电风效应”——在强电磁场作用下，面部汗毛会跟着磁场变化而规律摆动，就像被微风轻拂一样；其次是“蛛网感”，就像有张无形的蜘蛛网紧贴在脸上，挥之不去却又触不可及；最令人不适的是“针刺感”——这种随机出现的电击可能发生在身体的任何裸露部位，不但令身体疼痛，严重时还会留下电灼伤痕；如果遭受较强的电击，相关症状甚至可能持续半年之久。

随着我国电力事业的快速发展，输电铁塔高度的纪录也在不断刷新，从最初的 30 米跃升至如今的 215 米，这

王进在进行带电作业

已相当于70层摩天大楼的高度。在这样的高空环境下开展带电作业，不仅需要非凡的勇气和坚韧的意志，更需要对安全规程近乎苛刻的坚守。

带电作业，既是惊心动魄的，也是平凡寂寞的。说它惊心动魄，那是因为每次带电作业，即使是最资深的作业人员，也会紧张得掌心冒汗。说它平凡寂寞，那是因为每次带电作业，都是在人迹罕至的荒山野岭。这些真正的电网守护者，注定是无人喝彩的幕后英雄。

“每一次带电作业都是一次生死较量，都是对生命的极致考验。”王进深有感触地说。在多年的高空带电作业生涯中，他和工友们早已将“安全至上”的理念刻入骨髓——作业时始终保持高度警觉，每一个动作都严格按照规程执行，每处安全细节都反复确认，用近乎偏执的严谨态度守护着生命的安全红线。

第十二章 万众瞩目，世界首次

2011 年，王进迎来了职业生涯的巅峰时刻——他成功完成了世界首次 ±660 千伏银东直流输电线路带电作业。这让王进走向了职业生涯的“高光时刻”。这一壮举不仅是中国电力发展史上的里程碑，更让他成为全球征服 ±660 千伏银东直流线路带电作业技术巅峰的“第一人”。

银东直流输电线路，作为世界首条 ±660 千伏电压等级的输电线路工程，承载着巨大的能源传输使命。这条线路不仅是山东电网的重要组成部分，其输送容量更达到山

2011 年在北京进行 ±660 千伏带电作业模拟试验进电场瞬间

东省最高用电负荷的 10%，相当于整个青岛市的用电负荷。在“外电入鲁”的三大输电通道中，银东直流线路以 400 万千瓦的输送容量稳居首位，被誉为“不能停电的线路”。其重要性不言而喻，一旦出现故障，后果不堪设想。

然而，面对如此重要的能源大动脉，如何确保其安全稳定运行，成为摆在山东电力集团公司面前的一道难题。他们未雨绸缪，加大了科技攻关力度，力求在技术上实现突破。负责银东直流运维管理的山东电力超高压公司，更是积极投身于关键技术的研发之中。他们不仅承担了带电作业方法的研究及工具的研制任务，还加强了人才培养和模拟演练，为应对可能出现的紧急情况做好了充分准备。

2011 年的一天，一场突如其来的危机考验了这支团队的应变能力。工友们在例行线路巡检时，发现 ±660 千伏银东线 2012 号塔导线线夹螺栓处的开口销脱落。这一发现立刻引起了公司的高度重视，因为开口销的脱落可能导致导线松动，进而影响整个线路的安全稳定运行。情况紧急，必须立即采取措施进行修复。

然而，修复工作却面临着巨大的挑战。如果采取停电更换的方式，不仅需要将近一个小时的时间，还会造成巨大的经济损失和社会影响。据估算，停电将导致供电减少 1024 万千瓦时，损失电费 540 余万元。更重要的是，山东电网将因此减少 400 万千瓦的外电支援，相当于整个青岛地区全部停电。这样的后果无疑是灾难性的。因此，经过慎重考虑，公司领导决定采取带电作业的方式进行修复。

为了确保带电作业的成功和安全，王进所在的公司迅速组织全体带电班成员进行封闭式训练，力求在短时间内提升全体成员的技能水平。第一次带电模拟演练虽然取得了成功，但耗时长达两个小时，这让所有人都感到不满意。因为 ±660 千伏电压等级高、不确定因素多，时间越长，风险也就越大。

为了缩短操作时间，王进和带电班组成员付出了巨大的努力。他们连续一个月吃住在训练场，白天登塔演练操作，晚上研究作业方案。从安全措施到进电场的方式，再到与地面工具的传递配合，每一个细节都进行了严密的计算和详细论证。这种高强度的训练不仅考验了他们的技能水平，更考验了他们的意志力和团队合作精神。

在训练过程中，王进每天都要在 40 米高的铁塔上至少爬上爬下 4 个来回。这对于任何人来说都是一项艰巨的挑战，更何况还要在高压带电的情况下进行作业。晚上他常常累得手抽筋、脚磨出血，但第二天还是咬紧牙关继续训练。因为他知道，这不仅关乎着职业生涯，更关乎整个团队的工作安全和社会的用电安全。

公司领导经过全面考察和慎重考虑，最终决定将此次带电作业的重要任务交给王进。这既是对他个人能力的认可，也是对他团队精神的肯定。王进深知责任重大，暗暗下定决心，一定要圆满地完成任务。

2011 年 10 月 17 日，王进作为等电位电工完成了世

界首次 ±660 千伏直流架空输电线路等电位带电作业。这是一个令全国电力人瞩目的时刻，中央电视台三个频道同时进行全球直播，数十台摄影机如猎鹰般紧紧盯着操作现场。镜头中，是王进紧张而又坚定的身影，更有一台直升机在他头顶盘旋，不时发出轰鸣声，仿佛在为这场壮举加油助威。

这次 ±660 千伏带电作业是世界首次，自然存在一定的风险。自 2001 年从事带电作业以来，经过整整 10 年的实战历练，王进对自己的专业能力充满信心。但面对央视如此高规格的报道，他内心仍不免有些压力。首先，由于输电线路电压等级高，通常架设在远离城市、人迹罕至的偏远山区，作业时经常整天见不到一个人影。其次，这次作业必须做到万无一失，因为这次“亮相”代表的并非个人，更关乎山东电力乃至中国电力工人的整体形象。最后，还有一个鲜为人知的原因：王进是瞒着母亲报名参加带电作业班的，这次出镜意味着他的工作内容将暴露在母亲面前。他不禁担心：自己还是母亲眼里的那个听话的儿子吗？

带电作业前夜，王进辗转难眠。他反复推演作业中可能出现的各种情况，甚至设想过最坏的结果——万一发生意外，公司能给予多少抚恤金……

那天清晨，天空湛蓝如洗，阳光透过稀薄的云层，在王进的安全帽上折射着耀眼的白光。在作业现场，王进注意到众多身着橘红色工作服的应急抢修人员，以及穿着白大褂的医护人员严阵以待。“难道大家都预想到可能会发生意外吗？”这个念头在王进的脑海中一闪而过。但此刻已容不得他多想了，他必须按规程开始作业。在众人的注视下，他走进依维柯工程车更换屏蔽服。这时，公司党建部负责人趁机递给他一个 MP3，嘱咐他抽空收听。匆忙间，王进未能理解其用意，“大战”在即，他哪还有心思去听歌，就随手将设备搁置一旁。

当踏上软梯的那一刻，10 年专业积累形成的职业本能立马让王进进入了忘我状态。他深知，任何细微的失误都可能造成无法挽回的后果，必须全神贯注，不能有丝毫分心。此刻，他的脑海中只专注于思考：下一步该执行什么操作？下一个环需要注意什么？头顶盘旋的直升机发出巨大的轰鸣声，几乎完全阻断了他与地面的语音交流。耳边风声呼啸，王进的心境却越发平静。他手持电位转移棒进入了电场……在接下来的 50 多分钟里，他不仅成功更换了开口销，还完成了导线修补、间隔棒更换等一系列高难度

±660 千伏银东线 #2012 塔软梯法进电场过程中

±660 千伏银东线 #2012 塔进电场瞬间

±660 千伏银东线 #2012 塔带电作业（一）

±660 千伏银东线 #2012 塔带电作业（二）

带电作业。在众多摄像机的聚焦下，他沉着稳健，每个操作都精准无误，充分展现了精湛的专业技能和过硬的心理素质。

最终，王进成功完成了世界首次 ±660 千伏电压等级带电作业任务。

这项具有里程碑意义的作业，不仅为银东直流输电线路的运行维护提供了重要保障，更为开展更高电压等级的带电作业积累了宝贵的经验和技术数据。

当王进顺着软梯从铁塔返回地面时，现场已响起一片欢呼声。按照操作规程，他需要立即前往工程车更换屏蔽服。然而，刚离开安全作业区域，他就被手执摄像机和麦克风的记者们团团围住。面对这突如其来的场面，毫无准备的王进这才恍然大悟——原来党建部负责人塞给他的 MP3 里是答记者问的参考内容。可惜为时已晚。

王进定了定神，以洪亮的声音向在场的媒体记者宣布："通过这次作业，我们成功验证了中国 ±660 千伏带电作业技术的安全性和可行性。这项国际领先的技术成果证明，中国电力工人完全具备攻克世界级技术难题的能力。"

事后，一位在现场替王进捏一把汗的公司领导遇见王进时，欣慰地拍了拍他的肩膀说："王进，你小子表现真

±660 千伏银东线世界首次带电作业成功后的欢呼

不错，那么多摄像机对着你，你一点儿都不慌，心理素质很过硬啊！”

当天晚上，一家人围坐在一起吃晚饭，气氛一如既往地温馨而宁静。王进突然对母亲说：“妈，我们看看《新闻联播》吧，兴许会有您儿子的报道呢。”母亲闻言一怔，瞄了他一眼：“就你还能上新闻联播？这得是多大的事啊！”说着，不禁失笑。正在安静用餐的父亲，也以为自幼调皮捣蛋的王进又在跟父母开玩笑呢。

看着王进半像玩笑半似认真的神情，母亲转身去打开电视，正好看到新闻中播放着王进站在高耸的铁塔上进行带电作业的画面。她也是一名老电力工人，对这类作业场景并不陌生，更深知其危险性。她的脸色瞬间变得苍白，双腿不自觉地抖个不停。她紧紧握住王进的手，声音发颤地问道：“你不是说你一直在做线路巡检吗？怎么突然干上带电作业了？你要是万一有个三长两短，可让我怎么活下去呀？”

“草率了！”王进懊悔不已——自己竟被白天的成功冲昏了头脑。原来，为了不让家人担心，他一直隐瞒着从事高危带电作业的事情，只告诉家人自己仍在从事相对安全的线路巡检工作。

面对母亲担忧的目光，王进心中既愧疚又无奈。他轻轻拥抱不安的母亲，安抚说："妈，既然选择了这一行，我就无怨无悔。我知道这份工作充满了危险，但这是我职责所在。我会确保每次作业都能安全完成，也请你们放宽心。今后，我会尽可能多抽出时间回来陪陪你们。感谢你们这么多年的理解和支持，是你们的爱给了我力量和温暖，照亮了我前进的路。"

2016 年 7 月，山东省首座特高压变电站——泉城 1000 千伏特高压变电站正式投入运行。作为我国电压等级最高、输送距离最远、覆盖面最广的清洁能源输送工程，特高压工程代表着当今世界电力装备的最高水平，是我国完全自主知识产权的重大创新成果。该工程有效解决了我国东西部能源资源分布不均的问题，实现了清洁能源的优化配置，大幅降低了污染排放。随着特高压电线接入山东，王进的工作重心也随之调整。

特高压带电作业面临两大挑战：

其一，铁塔高度显著提升。1000 千伏杆塔平均高度达 107 米，黄河大跨越段杆塔更是高达 215 米。

其二，作业难度大幅增加。目前，带电作业均使用无极绝缘绳，其长度和重量随塔高递增：36 米高的杆塔需要长 72 米、重 8.6 千克的绝缘绳；107 米高的特高压杆塔需要使用长 214 米、重 25.6 千克的绝缘绳；215 米的黄河大跨段杆塔则需要使用长 430 米、重 51.6 千克的绝缘绳。绳子自重叠加高空风阻，使作业人员在攀爬、移位及操作过程中的难度系数成倍增加。

2017 年 12 月 19 日，面对新的技术挑战，王进带领徒弟及团队成员在电压等级更高、铁塔难度更大的特高压输电线路上，成功完成了山东省首次特高压交流带电作业！

实践证明，越是高危的工作越出成绩，越是艰苦的环境越锻炼人。在电网“生命禁区”奋战了十余年，王进累计完成带电作业近百次，作业总时长超过 300 个小时，攀爬铁塔 2000 多基，排除电网故障 500 多处，避免电量损失超过 3 亿千瓦时，创造直接经济效益上亿元。特别是在用电高峰期间开展输电大通道的不停电检修，所产生的社会效益更是难以用金钱衡量。

如今，尽管父母仍担心王进的安全，但作为电力行业的老职工，他们深刻理解儿子工作的意义和价值。面对儿子的职业坚守，他们最终选择了全力支持。每当王进圆满完成高难度作业平安归来时，他们都会以温暖的笑容和热情的拥抱，给予他最坚定的鼓励。

王进（右一）与同事在跨黄河铁塔安装在线检测设备

“对我们而言，当时只是要为这个创新项目画圆满句号，以此来验证我们的创新作业方法和工器具的实用性和可靠性。”时过境迁，谈及当年的“巅峰时刻”，王进眼中流露出的更多的是理性和从容。

第十二章 登上国家最高科技领奖台

工欲善其事，必先利其器。

高压电犹如“猛虎”，带电作业无异于“虎口拔牙”。这项工作的特殊性不仅体现在对作业人员心理素质和专业技能的超高要求上，更直接反映在对工器具的严苛标准上。这是一项高风险、高精度的特种作业，即便是最基础的走线操作，也蕴含着常人难以想象的挑战与技术智慧。

“走线”，就是作业人员站立在高压导线上，两手紧紧抓住上方两股导线，依靠身体平衡与技术要领，平稳地沿

王进在 ±800 千伏鲁固直流检修“走线”中

线移动。这种作业场景在外行人看来或许带着几分科幻色彩，却是王进团队日常工作的真实写照。

“平时站在高压线路下方抬头仰望，电缆在阳光下泛着银色的光芒，看似光滑无比，”王进的语气中带着追忆，目光仿佛穿越了时空，回到那些与高压线朝夕相处的岁月，“然而，当你近距离观察时就会发现，由于长期受电磁场作用，高压导线表面布满了细小的密密麻麻的电腐蚀痕迹，远非想象中这般光洁。以前，我们佩戴的都是普通作业手套，一次作业下来，不仅手套会被磨破，弄不好手也会擦伤一层皮。更糟糕的是，因为手套的材质不够光滑，摩擦力大，‘走线’时阻力非常大，每移动一步都需耗费额外的体力。”

干一行，就要钻一行。王进深知，要在这个高危行业立足，就必须不断创新以攻克技术难题。为此，他开启了系统性攻关：作业间隙，他和团队研讨手套材质与结构的优化方案；工余时间，他就泡在工具室、资料室研读技术资料，推敲每个设计细节；节假日，当别人都在享受休闲时光时，他却独自一人前往图书馆查阅文献，在专业知识中探寻创新灵感。班助成员都被他的钻研精神感染，纷纷投身到技术创新工作中。

“起初，我们尝试了各种方法，甚至把压扁了的矿泉水瓶垫在线上以减少摩擦。这个方法起初确实奏效，走起线来又滑又快，但不一会儿，矿泉水瓶就因摩擦发热而变得烫手，以致难以持续使用。”王进笑着摇了摇头，仿佛那段经历既痛苦又充满乐趣，“后来，经过团队集思广益，我们研发出了装有 6 个铝合金滑轮的专用走线手套。经过半年的改进完善，这款采用特殊耐磨材质做成的，兼具柔

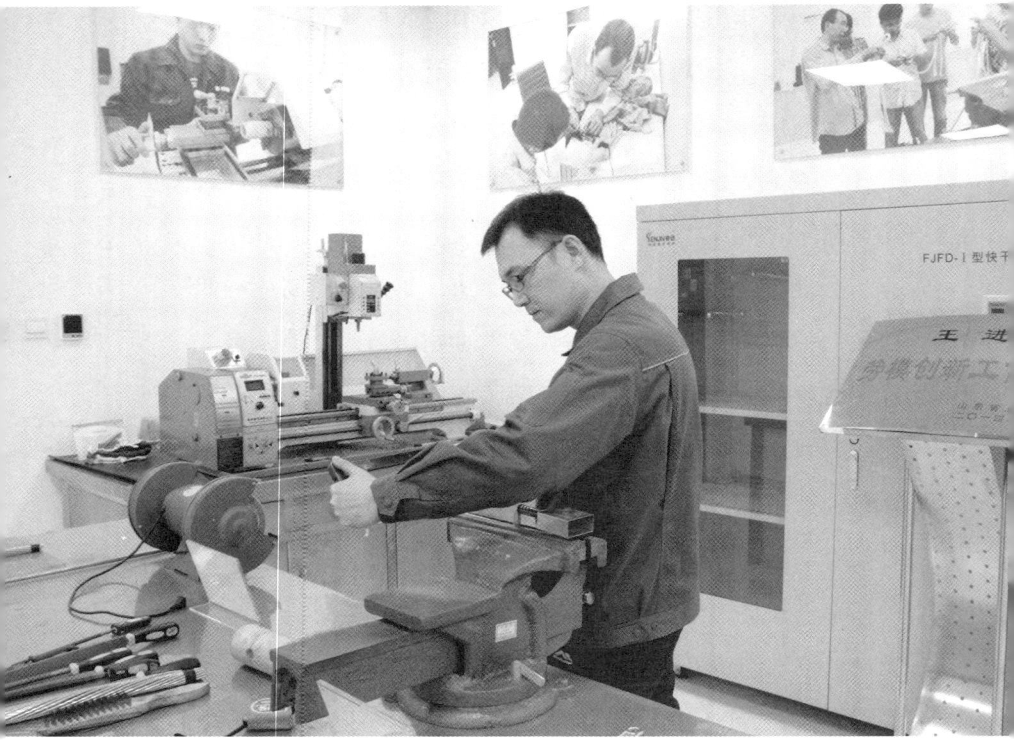

王进在工作室研发工具

软特性，并在手掌部位创新加装6个铝合金滑轮的手套最终定型，使原来艰难而危险的走线工作变得安全轻便了很多。”王进看着手中的手套，眼中闪烁着自豪的光芒。他知道，这款手套不仅是他们团队共同努力的结晶，更是他们智慧和汗水的见证。它不仅有效解决了摩擦阻力大的问题，还显著提高了走线效率和安全性。

“走线专用手套”仅是王进创新之路的起点。此后，他以岗位实践为基础，带领团队开展了一系列小革新、小发明、小改造、小设计、小建议的技术创新活动。

在输电线巡视工作中，王进团队创新研发了“紧凑型作业法”，通过优化作业流程将外出作业频次降低40%，年均节约生产费用15万元；在地线检修环节，他们自主设计出“折叠式地线飞车”，使得检修工时缩短50%，大大提高了工作效率。这些立足基层的技术创新虽看似微小，却在实际应用中产生了显著效益，为王进团队赢得了行业内外的高度认可。

带电作业班日常处理的电压等级最低为500千伏，所以他们使用的绝缘杆均在4米以上。这些绝缘杆通常由三节组成，需在工作现场通过螺纹接口连接固定，操作时需由两名作业人员将组件带到高空进行组接。然而，这项看似简单的任务实际上存在诸多困难：其一，高空作业时，两名作业人员需同时托举 1 米多长的绝缘杆进行对接，经常会出现螺纹对接不准的情况，对准之后还要完成十几圈的旋紧操作，极易导致作业姿势不适；其二，作业过程中，绝缘杆需要完成多角度动作，时有螺纹松动的情况发生。尽管王进和班组成员尝试了多种改进方案，但始终未能找到既有效又便于操作的解决方法。

后来，老班长刘兴君在逛商店时，偶尔发现了一种快速接头装置，立即买回来交给王进研究改良。当时，王进负责管理的带电仓库包含三个分区：绝缘工具室、金属工具室、杂物间。王进就利用杂物间里的钢锯、电钻、锉刀等工具成功研制出新型绝缘杆。没想到，安装效果出奇地好：只要按压锁止按钮后插入杆节，只听得咔嗒声即完成锁定，不仅大幅提升了组装效率，还彻底解决了螺纹松动问题。随后，王进把队里的数十套绝缘杆全部进行标准化改良，这些绝缘杆后来沿用多年。

王进介绍，带电作业时，操作人员需端坐在导线中间，也就是强电磁场核心区域。500 千伏的带电作业屏蔽服采用了分体式设计，包含上衣、裤装、手套、袜子、导电鞋以及屏蔽帽，只有面部露在外面。该屏蔽服的材料

王进在工作室研发工具

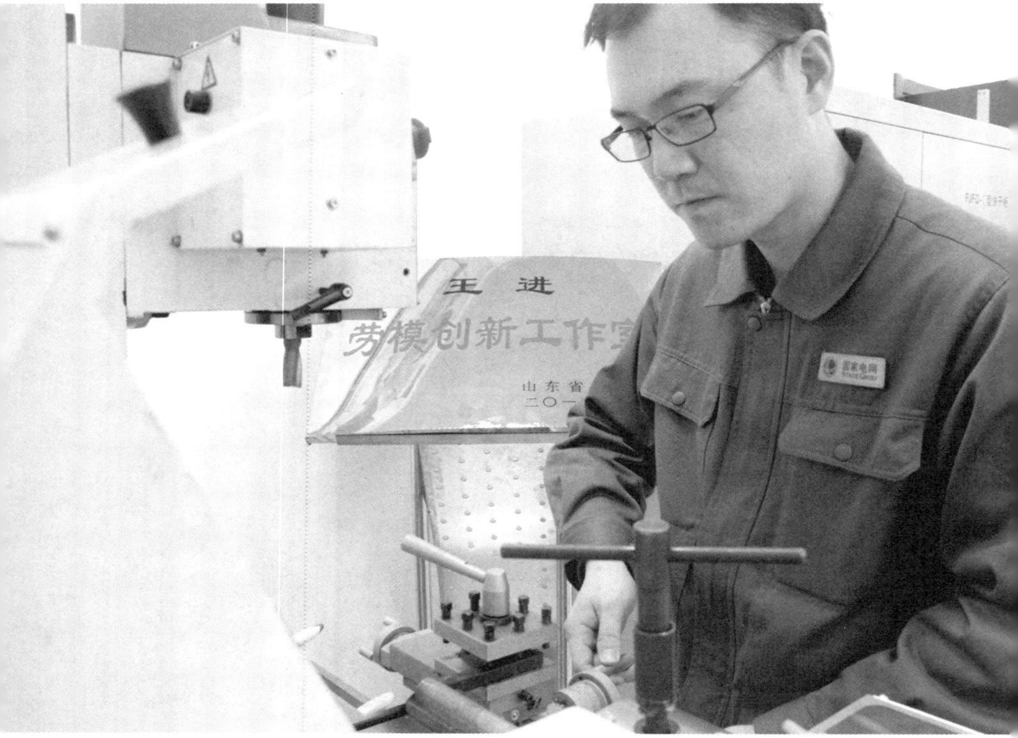

王进在工作室研发电力作业工具

是由不锈钢纤维和蚕丝混纺而成，质地类似薄一点的牛仔布，没有弹性。作业过程中，作业人员的手腕、脚踝、小腿部位经常会露出一截来。从电磁学角度分析，这几处裸露的部位会产生针刺感、蛛网状触感和电风效应三种异样感觉，会给作业人员带来一定的作业干扰。

一天，王进脑洞大开，将退役屏蔽服的面料蒙在自己的摩托车头盔上，再将摩托车头盔的塑料透明面罩换成用铁丝网编成的防护面罩。没想到，这一招效果出奇地好。针对手腕防护问题，王进与生产厂家沟通，定制了加长10厘米的专用手套，并在屏蔽服的小臂位置缝了一颗扣子，让手套直接系在衣服上。后来，他受到女性紧身裤的启发，创造性地把扁平松紧带缝在裤脚上，用脚将裤脚踩进鞋里。没想到，通过以上三个看似简单的改进方案，王进有效解决了强磁场对带电作业工人的生理干扰，不仅作业舒适度增强了，作业安全系数也进一步增强了。

“我们的创新，其实就是在工作现场发现问题、想办法解决问题的过程。这些成果可能不是很光鲜亮丽，甚至显得很土，但是很实用。”王进实话实说。

最初，创新工作也就是带电班组成员聚在一起集思广益。后来创新成果的推广，其他班组的技术骨干也慕名而来，共同交流合作。一位叫韩正新的年轻人，准备参加技术比武，为了提高更换瓷质绝缘子的速度，前来求助。瓷质绝缘子像一个由磁和铁做成的大蘑菇，单体重达 5 至 25 千克，从哪个方向看都圆不楞登的，想要提高其在高空中的传递速度，似乎无从下手。开始，王进采用绳子捆绑的方法固定绝缘子，但是如果绑不牢，极有可能会从高空坠落，存在重大安全隐患。后来，王进尝试用布桶来装绝缘子，效果也不理想。最终，团队想出一个办法：用铁丝弯了一个一头大、一头小还带有 60 度倾斜角的不规则的铁圈，圆满地解决了这个难题。

当时，王进团队还不懂怎样申请专利，只是做出一个样品摆在工作室。全国各地的同行前来交流参观时，对此创新成果感到十分新奇，纷纷拍照回去“克隆”。现在，这项工艺创新不仅在国家电网系统内全面推广，更在南方电网多个单位得到广泛应用。

线路停电检修需要先停电，随后再验电，最后挂接接地线。验电的时候，需要有一个工作人员背着绝缘杆到高空，在绝缘杆端安装一个巴掌大小的验电器。操作时，需让验电器以匀速缓慢地接近导线，如果线路带电，验电器就会发出尖锐的嗡鸣声；如果没带电，验电器则保持安静状态。如今，电压等级从500千伏升级到1000千伏，铁塔高度也从36米增至215米，王进团队发现验电过程中最累的环节就是背着笨重的绝缘杆上下铁塔。经过技术研讨，王进建议采用绝缘绳替代绝缘杆的方案：首先，绝缘绳可以放在包里，便于携带上下铁塔；其次，绝缘绳的重量远远低于绝缘杆。通过现场多次检验，证明该方案安全可靠。

王进记得自己刚上班的时候，使用的安全带叫板带，是一种宽约10厘米的厚帆布带体，绑在腰上固定，腰部设有两个连接环用来悬挂安全绳。后来，行业统一升级为航空式全身安全带，其固定范围从肩部延伸至大腿。这种安全带共有四个连接环，腰部两侧各一个，后腰和后背中心位置各一个。其中后背中心位置的那个连接环为最优悬挂点。然而该设计虽安全性高，但实际操作起来很不方便，特别是后背连接环经常挂不上，一旦高空作业时未能正确挂接，作业人员将面临掉到半空的危险。一次，王进不经意看到了电视中的花式跳伞，注意到跳伞运动员在高空各种翻跟头、各种摆造型，但最后落地时身体都能保持垂直着陆姿态。王进看后若有所思，就找了好多跳伞的视频和照片仔细揣摩研究，结果发现跳伞运动员肩部配有特殊设计的承力带。受此启发，回到工作室，王进就带领徒弟开展安全带改造试验，在弄坏了好几条安全带之后，终于确定了改进方案。王进找到一个修鞋摊，定制了第一条新式的安全带。王进找了个铁塔亲自登塔测试，结果各连接环都很精准地扣上了。

“积土成山，风雨兴焉；积水成渊，蛟龙生焉。”正是这种日常工作中的不断积累，正是这种善于整合团队力量并发挥集体智慧的能力，最终让王进站上了国家科技进步奖的最高领奖台。

银东直流输电线路是世界上首个采用 ±660 千伏电压等级等新技术的工程，国内外均无可借鉴的带电作业标准和经验，各项技术指标均属空白。面对这一挑战，王进没有退缩，而是凭借丰富的带电作业经验，迅速制定了项目实施方案。他带领团队夜以继日地工作，不仅要计算、测量、试验工器具，还要模拟现场作业环境，确定带电作业的安全距离。那段时间，他们几乎没有休过周末和假期，全身心地投入这项平凡而又有意义的探索中。

经过无数次试验和改进，±660 千伏带电作业专用工器具终于研制成功。这些工器具包括电位转移棒、大刀卡、四线吊钩、耐张前卡、耐张后卡、绝缘拉杆、液压丝杠等，填补了国际技术空白，为银东直流输电线路的安全运行提供了可靠保障。随后，这些研发成果通过专家鉴定，并在 ±660 千伏银东线途经的宁夏、陕西、山西、河北、山东五省区推广应用，创造直接经济效益超亿元。

经过反复实践和验证，王进团队编写了国内首部《±660 千伏直流输电线路带电作业技术导则》。这部技术导则系统性地制定了适用于海拔 2000 米及以下地区 ±660 千伏直流输电线路带电检修技术规范，详细规定了作业技术要求、安全注意事项以及专业工具的试验、运输和保管标准等。这部技术导则先后被认定为国家电网公司企业标准和电力行业标准，不仅填补了我国在该领域的技术空白，还为全球带电作业技术的发展提供了重要的技术参考和实践经验。

2015 年 1 月 9 日，对王进而言是一个值得永远铭记的日子。这一天，他步入庄严肃穆的人民大会堂，参加 2014 年度国家科学技术奖励大会。当大会宣布他和团队自主研发的“±660 千伏直流架空输电线路带电作业技术和工器具创新及应用”荣获国家科技进步奖二等奖时，王进激动地站起身来。他紧紧握住奖杯，深切感受到这沉甸甸的荣誉凝聚着自己和团队多年来的心血和智慧。

在颁奖大会上，习近平总书记亲切地与王进等获奖代表一一握手。那一刻，王进被巨大的幸福感包围。他深深体会到自己和团队多年来的拼搏与奉献，在这一刻都得到了最好的回报。

那一年，年仅 35 岁的王进站在国家科技进步奖最高领奖台上，创下了两项纪录：既是当年获奖者中最年轻的第

2015 年王进获得国家科技进步奖二等奖

一完成人，也是学历最低的获奖者。据 2014 年度国家科学技术奖励数据显示，获奖项目主要完成人的平均年龄为 47.3 岁。因此，年轻的王进成为颁奖典礼上最引人注目的焦点人物。

“无论是在项目答辩时，还是在后续的项目推广中，我们始终以一线工人的身份，自豪地展现我们发明的这套工作法的先进性，以及我们自主研发的工器具的高效性！”每每回忆起这段经历，王进总是难掩激动，“连在场的一位院士也忍不住点赞说，‘由产业工人亲手打造的标准能够走上世界，这是中国标准的魅力，真的很了不起！’”

作为一名技校毕业的中专生、普普通通的电力工人，王进始终坚信：创新与学历无关。再高大上的创新，如果不实用，也一样没有价值；再微小的改进，只要能解决实际问题，就值得肯定。

正是这份对创新的执着追求和“实用即价值”的坚定信念，让王进在带电作业这个领域里匠心独运，书写了属于自己的传奇。

第十四章 “一群人”走得更远

“一个人可以走得很快，但一群人才会走得更远。”作为“大国工匠年度人物”和全国劳动模范，王进对匠心传承有着独到的理解。

2012 年，是王进的徒弟李敏入职的第一年。每当有检修任务，李敏都会毫不犹豫地跟着师父去现场。在王进的言传身教下，李敏不仅专业技术得到快速提升，身体素质也日益增强。

“现场学，回来练，业余时间泡在健身房。”这句话成了李敏那段青春岁月的真实写照。天道酬勤，诚不我欺。经过几个月的努力，当同批入职的同事还在适应期摸索时，李敏已经熟练掌握了带电检修的基本操作技能。

而恰巧也是在这个时间点，国网公司举办了为期 7 个多月的带电检修竞赛集训。对李敏来说，这是一次难得的锻炼和提升机会。经过严格选拔，李敏成功入围参赛队伍。在第八届全国电力行业职业技能竞赛中，李敏在高压

500 千伏聊韶线带电作业前，王进检查徒弟李敏安全带

带电检修决赛环节发挥出色，最终获得个人第二名及团体赛三等奖两项殊荣。

凭借这一优异成绩，李敏同时荣获“全国技术能手”和“全国电力行业技术能手”两项称号。李敏也因此成为山东电网系统最年轻的“全国技术能手”获得者。

回忆起初入职时的情景，李敏仍旧记忆犹新。那时的他，站在高耸的铁塔下，仰望着那直入云霄的“钢铁巨人”，心中既充满了敬畏，又难掩跃跃欲试的激动。

“刚开始的时候是比较辛苦的。”李敏说道，“攀爬铁塔是最基本的技术要求，最低的塔有50米高，最高的塔有200米高，都需要徒手爬上去。”每当说起这段经历，他总会提到师父王进。正是王进的悉心指导，他才一步步克服内心的恐惧，熟练掌握了登塔的基本技能。

2014年，500千伏枣蒙线出现地线断股现象。面对这一紧急情况，传统检修方式是通过滑车将作业人员滑送到高空地线上进行检修。然而，这一方法不仅安全风险大，而且效率也较为低下。

正是在这样的背景下，李敏大胆提出了一个在当时颇为新颖的解决方案——利用无人机进行高空巡检。不久，李敏便带头组建了名为“丰翼”的无人机团队，开了输电线路无人机巡检的先河。

2017年，国网公司举办首届无人机巡检技能竞赛。李敏带领团队在竞赛中一举斩获团体第二名和个人第三名两项大奖。

2019年，李敏带领团队开始研发无人机自主巡检技术。这一技术预先规划无人机巡检航线，通过精确设定拍照点位、角度、距离等参数，实现无人机沿预设航线的自主飞行作业。基于类似汽车自动驾驶的工作原理，无人机沿着预设的巡检航线飞行，到达预定位置后自动完成拍摄和数据采集。

徒弟的徒弟再带徒弟。作为王进团队的技术骨干，以及所在单位无人机智能巡检技术带头人，李敏依托创新工作室，带领39名青年职工从青年创新工作实际入手，结合现场作业，开展技术攻关、理论培训和实操训练，使工作室逐渐成为青年员工成长成才的“孵化场”。

该工作室培养的成员中，95%以上拥有专利或创新奖项，累计获得国家科技进步奖二等奖等20余项省部级及以上创新成果，获得国家专利43项，涌现出一大批青年技术专家。而李敏个人主持完成省部级创新项目13项，获得国家发明和实用新型专利14项，其研发的“无人机搭载高

无人机操作（一）

无人机操作（二）

能射线清除导线异物装置”荣获2021年全国职工优秀技术创新成果奖。

此外，李敏深度参与公司青年人才培养体系建设，主持编写了《输电线路无人机自主巡检标准化手册》等24项技术规范。2016年，获聘国家电网有限公司高级兼职培训师，累计开展专业培训300余场，培养出无人机专业技术人才1200余名。

自2011年从事带电作业工作以来，李敏已经牵头组织完成了110余条输电线路带电作业紧急消缺任务，担任工作负责人和等电位电工80余次，累计高空作业时间超过420个小时，展现了过硬的技术实力与责任担当。

比王进只小5岁的徒弟谢文涛告诉笔者，他刚进公司时先参加了业务培训班，到结业考试那天看见四五个年龄稍长一点的老师傅在考场里巡视，他还以为是监考人员。后来他才知道，来的老师傅里面就有他日后的师父王进。这些老师傅，是带着挑人的目的来的。最终在岗位分配时，他被师父王进挑到了带电作业班。

跟其他初次从事带电作业工种的人一样，谢文涛等七八个年轻人刚进班组时，面临的第一个考验也是登塔走线。有个别新学员还没走几步，就抱着铁塔哭了起来……这时的谢文涛就暗暗下决心——“要争第一，不能㞞！”

狭路相逢勇者胜，这话还真有道理。谢文涛一路过关斩将，顺利完成带电作业的所有工作流程，从铁塔上下来后，他做的第一件事就是给家里打电话——“爸、妈，我能走线了！你们儿子能走线了！”

在选择师父时，谢文涛毫不犹豫地选择了王进。原因很简单，“王进师父名气大，技术高超，做事没架子，说话还特幽默。”就这样二人一拍即合，签订了导师带徒协议，谢文涛成为王进的 7 个徒弟之一。

2008 年正月，湖南某地输电线路遭遇严重冰灾，许多基塔都倒塌了，形势十分严峻。接到当地求援后，国网山东电力公司立即派出以王进为首的数十人支援团队，在当地持续开展了一个多月的抢修工作。作为入职不到一年的新人，谢文涛不仅从师父王进身上学到了行云流水的精湛技术和临危不惧、遇事不慌的定力，还在又潮又冷的荒山体会到了师父细致入微的关怀……两年后，作为师父的王进还亲自给谢文涛担任了证婚人。

如今的谢文涛已多次被评为公司先进工作者，并先后取得技师和工程师职称。

2008 年，湖南抗冰抢险现场

“从这些年轻徒弟身上，我们看到了执着追求、甘于奉献的精神，感受到了超越自我、勇于创新的力量，也领略到了爱岗敬业、不畏艰难的风采！”这是作为师父的王进给徒弟们打出的满意评语。

第十五章

追逐“光”，成为“光”

秉持着“工匠引领＋团队创新”的团队建设理念，王进牵头组建了“卓越带电作业创新团队”。这支团队不仅致力于培养成员之间的协作精神和科技创新能力，还着力培养适应企业发展需求的知识型、技术型、实用型和创新型人才。

王进深知，团队的力量在于成员间的优势互补和集体智慧的碰撞。因此，他着力营造开放包容的团队文化，鼓励成员大胆提出想法，勇于尝试，积极投身于超特高压输电线路带电作业领域的技术攻关，将个人创新优势转化为团队创新合力，逐步构建起自己独特的创新体系。

经过10多年的辛勤耕耘，王进和他的团队收获了丰硕的成果。他参与完成了40余项线路检修技术改造项目，不仅提高了工作效率，还大大降低了安全风险。同时，他还带领团队改造了30余件工器具。这些新型工器具设计精巧，实用性强，显著提升了带电作业的便捷性和安全性。在知识产权方面，王进和团队同样成绩斐然，共获得了40余项发明和实用新型专利，对电力行业发展作出了重要贡献。

此外，在公司的支持鼓励下，王进牵头撰写的12篇学术论文先后在国内电力行业权威期刊上发表，引起了国内、国际同行的广泛关注。这些论文不仅系统总结了团队的创新成果，还为电力行业发展提供了宝贵的理论支撑和实践经验。以王进名字命名的工作室先后被评为“全国示范性劳模和工匠人才创新工作室”“山东省劳模创新工作室”和“山东省第三批高技能人才创新工作室”，这些荣誉是对他们创新精神和工匠精神的最佳褒奖。

2015年9月3日，王进作为山东省全国劳动模范代表之一，光荣参加了在天安门广场举行的纪念抗日战争胜利

王进参加第四届全国职工优秀技术创新成果表彰大会

第四届全国职工优秀技术创新成果表彰大会，王进上台领奖

70 周年盛大阅兵。在人头攒动的现场，在全场齐唱的国歌声中，看着气势如虹的解放军方队……时年 36 岁的山东汉子王进，不禁热泪盈眶。

2017 年 10 月 18 日，对于王进来说是一个永生难忘的日子。作为一名来自国家电网公司基层一线的党代表，他光荣地出席了中国共产党第十九次全国代表大会。在认真聆听习近平总书记所作的大会报告时，王进备受鼓舞，为自己能够身处这样一个伟大的时代而深感自豪和骄傲——“我有幸生活在中国繁荣发展的新时代，成长在国家电网这片沃土上。参加工作 20 多年，见证了中国电网从低压到特高压的跨越发展，见证了无数电网人奔跑逐梦的奋斗故事。作为一名国家电网人，确保人民群众每时每刻都能用上电、用好电，是每一名电网人的责任与追求。我要做的，就是敢想敢干，做到最好！”

2018 年岁末，寒风凛冽，中央电视台演播大厅内却暖意融融，灯火辉煌。在这个承载着无数人梦想与荣耀的舞台上，一位普通的电力工人——王进，踏上了央视“大国工匠 2018 年度人物”颁奖典礼的红毯。他的步伐稳健而坚定，眼神中闪烁着对电力事业的无限热爱与执着。当主持人庄重地宣布他的名字时，他的山东老乡——海尔集团创始人张瑞敏将沉甸甸的“大国工匠”奖杯递到他手中，整个会场顿时响起雷鸣般的掌声。

颁奖词深情而激昂：“平步百米铁塔，纵横超、特高压，他以无畏的勇气挑战极限，将生命安全置之度外，只为点亮万家灯火。面对世界第一的荣耀，他从容直面生死，写下传奇篇章！王进，在‘刀锋’上起舞，用血肉之躯筑起电网安全的钢铁长城，守护着岁月通明、灯火万

王进获得“2018 年大国工匠年度人物”称号

家——他是真正的时代英雄！”这段颁奖词，不仅是对王进个人事迹的凝练礼赞，更是对中国电力工人无私奉献精神的崇高致敬。

身披大红绶带，手捧金色奖杯，站在明亮的聚光灯下，泪光闪闪的王进怎么也不敢相信自己的眼睛，他竟然看到妈妈孙玉芳在工作人员的引导下缓缓地走向舞台……颁奖台上，两代电力工人激动得紧紧拥抱在一起。此时此刻，王进的泪水忍不住夺眶而出。那一刻，场面令观众无不动容……

2019年10月1日，金秋的阳光洒满了天安门广场，空气中洋溢着节日的喜庆与庄重。这一天，是他职业生涯的荣耀时刻。清晨，当第一缕阳光驱散薄雾，照亮了城市的每个角落时，他已身着整洁的工装，胸前佩戴着国家电网徽章，昂首挺立于庆祝新中国成立70周年的“创新驱动”方阵中。作为泛在电力物联网领域的杰出代表，王进与高凤林、李万君等来自航天、高铁、大飞机等大国重器建设领域的精英们，一道乘坐着装饰一新的19号花车，接受祖国和人民的检阅。

花车上，五星红旗迎风飘扬，与四周绚烂的彩旗交相辉映，形成一幅壮美的画卷。王进心潮澎湃，目光不时扫过身旁同样激情满怀的建设者们，每个人的脸上都写满了对党和国家的热爱与自豪。随着花车缓缓前行，他用力挥手向天安门城楼致意，向两侧观礼的群众致意，每一次挥手都仿佛在与过去的自己对话，诉说着自己从一名普通电网工人成长为行业先锋的奋斗历程。“作为一名普通的电网工人，能够在这样重要的历史时刻，站在国庆游行的花车上，与为国家发展作出突出贡献的其他大国工匠们并肩，

2019 年 10 月，王进（左一）参加国庆花车游行

这份荣耀难以用言语来表达！”王进的心声在胸中激荡。

当花车驶入观礼区域，雷鸣般的掌声和欢呼声如潮水般涌来。那一刻，王进仿佛听见了时光的回响，20 年的职业生涯在脑海中快速闪回——从初入电网时的青涩，到面对超高压线路时的从容镇定——每一次挑战，都磨砺了他坚韧的意志；每一次带电操作，都在锤炼他的精准度和专注力；每一次历练，都让他在灵魂深处领悟到“责任重于泰山”的深邃内涵。在创新工作室里，他带领团队攻克了一个又一个技术难关。他们的研究成果不仅提升了中国电网的智能化运维水平，更在泛在电力物联网领域贡献了多项国际标准……

站在花车上，王进深知这份荣耀不仅属于他个人，更属于每一位在平凡岗位上默默奉献的电网人。他暗暗发誓，要以更加饱满的热情和不懈的努力，继续为国家的繁荣富强贡献自己的力量，让这份荣耀成为激励自己不断前行的动力源泉……

“我曾经多次代表团队和奋斗在一线的兄弟们站在领奖台上。每一次，那份骄傲与振奋都如电流般贯穿全身，使命感沉甸甸地压在肩头。但参加庆祝新中国成立 70 周年的群众游行活动时，这份荣誉的分量无可比拟——它不仅是对我个人努力的认可，更是对每一位国家电网人辛勤付出的肯定，也是对在祖国现代化建设道路上不懈奋斗的产业工人的崇高礼赞。”

从北京归来后，在国网山东电力公司举办的国庆观礼汇报会上，王进身着整洁的工作服，胸前挂满荣誉奖章，目光坚定而自豪。他的声音如电流穿透寂静的会场，激昂而有力。

一项项荣誉，正是对他一次次与时间赛跑、与危险较量、与困难搏斗的最好见证。

“在奔跑逐梦的新时代，我们当代产业工人已不再是默默无闻的螺丝钉，而是推动国家机器高效运转的时代强音和关键力量！”对王进来说，这不仅是汇报，更是一种表态，“扛就扛红旗，干就干最好，争就争第一！这不仅是我们工作的准则，更是我们内化于心的坚定信念。在今后的道路上，无论面对怎样的挑战，我都将和团队一起，以最饱满的热情、最昂扬的斗志，为确保电网的安全稳定运行，为建设‘三型两网、世界一流’的能源互联网企业，贡献自己的全部力量。”

在王进心中，每一项新荣誉的获得，既是对过往成绩的肯定，更是对今后工作的鞭策。“荣誉再多，我还是我——一个普通的线路工人。我的战场在百米高空，我的使命是确保每一次带电作业安全完成。成功没有捷径，唯有坚持不懈，方能成就非凡。我坚信，只要每个人都立足岗位，持之以恒，每个人都能成为劳模，成长为大国工匠，成为推动社会进步的坚实力量。”

追逐光，成为光，散发光。越是身处鲜花环绕、荣誉加身的高光时刻，王进越是告诫自己：要始终保持笃定与清醒，不时回头看看自己以前奔跑的样子。

一完成人，也是学历最低的获奖者。据2014年度国家科学技术奖励数据显示，获奖项目主要完成人的平均年龄为47.3岁。因此，年轻的王进成为颁奖典礼上最引人注目的焦点人物。

“无论是在项目答辩时，还是在后续的项目推广中，我们始终以一线工人的身份，自豪地展现我们发明的这套工作法的先进性，以及我们自主研发的工器具的高效性！”每每回忆起这段经历，王进总是难掩激动，“连在场的一位院士也忍不住点赞说，‘由产业工人亲手打造的标准能够走上世界，这是中国标准的魅力，真的很了不起！’”

作为一名技校毕业的中专生、普普通通的电力工人，王进始终坚信：创新与学历无关。再高大上的创新，如果不实用，也一样没有价值；再微小的改进，只要能解决实际问题，就值得肯定。

正是这份对创新的执着追求和“实用即价值”的坚定信念，让王进在带电作业这个领域里匠心独运，书写了属于自己的传奇。

第十六章 出彩电网人的交响乐章

2024 年 11 月 7 日，王进在创新工作室迎来了两位他仰慕已久的前辈“大师”——一位是“大国工匠 2018 年度人物”排名第一、曾参加庆祝新中国成立 70 周年活动并同乘 19 号花车、现任全国总工会兼职副主席的高凤林；另一位是 2024 年获得“人民工匠”国家荣誉称号、曾任全国总工会兼职副主席的山东籍工匠许振超。

此前，王进曾聆听过这两位前辈的专题讲座，受益匪浅。他经常通过微信向高凤林请教创新过程中遇到的难

走得更远

“一个人可以走得很快，但一群人才会走得更远。”作为“大国工匠年度人物”和全国劳动模范，王进对匠心传承有着独到的理解。

2012 年，是王进的徒弟李敏入职的第一年。每当有检修任务，李敏都会毫不犹豫地跟着师父去现场。在王进的言传身教下，李敏不仅专业技术得到快速提升，身体素质也日益增强。

“现场学，回来练，业余时间泡在健身房。”这句话成

王进（右）与人民工匠许振超（中）等人合影

题。许振超曾当面指导王进："创新并非遥不可及，关键是不能只顾眼前利益……"这些谆谆教诲，王进不仅认真记在了本子上，更铭刻在了心里。

这次，这两位"大师"亲临工作室指导和鼓励，让王进和团队成员深受鼓舞，创新的决心和劲头更足了。

"王进，是我身边最好的榜样！"这是"大国工匠2022年度人物"冯新岩的由衷之言。

特别值得一提的是，国家电网系统现有两位"大国工

2016 年国网山东电力公司职代会，王进作为职工代表发言

匠年度人物”，均来自只有一千多名职工的国网山东超高压公司。近年来，公司秉持“劳模身边再出劳模”“工匠身边再出工匠”的人才培育理念，在继培养出党的十九大代表、全国劳动模范、“大国工匠 2018 年度人物”王进之后，又培养出了党的二十大代表、“大国工匠 2022 年度人物”冯新岩，打造出了全国产业工人创先争优的经典案例，并同步建成全国唯一的“双全国党代表、双大国工匠年度人物”创新工作室，人才孵化效应持续显现。目前，公司已培养出了一大批勇挑重担的技术能手和青年工匠。王进的徒弟李敏在短短 7 年间不仅实现了全国五级技术能手称号“大满贯”，更荣获了全国五一劳动奖章，并于 2024 年成功入选全国总工会大国工匠培育计划。

步入国网山东超高压公司大国工匠创新工作室，王进从一名普通技校生成长为大国工匠的成长“路线图”清晰呈现——2001 年，王进首次完成 500 千伏线路带电作业；2007 年，成功实施了 500 千伏耐张塔上带电开展校紧引流板螺栓作业；2011 年 10 月 17 日，带领团队完成了世界首次 ±660 千伏直流输电线路带电作业，该过程由中央电视台在全国两会期间全球直播，标志着我国电力保障技术达到国际领先水平；2017 年，完成山东电网首次 1000 千伏特高压线路等电位带电作业；2018 年，创新实现国家电网系统首次无人机全自动精细化巡检；2020 年，主持研发出国内首个输电线路智能监测系统，巡视效率提高了 100 倍，达到国际领先水平；2021 年，完成世界首次 ±800 千伏电压等级全线直升机综合带电作业检修，走到了全国乃至全世界的前列……

创新是最闪亮的底色。

每一次成功，都非一蹴而就。在攻克 ±660 千伏带电作业之前，王进就默默地按下"奋进键"：研制带电作业工器具的材料，一种不行就换另一种；做实验一次不行，重来一百次、一千次……最终，通过积累 2 万余组实验数据，成功首创了 ±660 千伏直流输电线路带电作业标准工作法，并自主研发了全套专用带电作业工器具，制定了完整的技术规范，填补了该领域国际技术空白。

深耕特超高压带电作业一线 25 个春秋，王进至少攀登了 4000 多基百米高塔，完成了 300 多次带电作业任务。他带领团队攻克了多项特高压带电作业和线路智能巡检技术难题，创下了行业多项纪录，将诸多不可能转变为可能……他带领的团队始终走在行业技术发展的最前沿。

时代的洪流浩浩荡荡，奔涌向前。每当夜幕降临，万家灯火通明，王进常常会站在窗前，凝望着这片由他和同事们共同守护的光明，心中涌起无限的欣慰与自豪。那无声流动的电流，不仅点亮了城市的每一个角落，更照亮了人们心中的希望。当黎明破晓，新的一天开始，那电流又化作推动社会发展和助力国家前进的源源不断的动力。

大多数时候，没有人会注意到王进他们。“你之所以不知道我的存在，那是因为我一直都在此守护。”是的，正是因为他们的默默坚守，电流才安全稳定地持续输送，生活才持续运转，社会才持续发展，美好和幸福才持续延伸。“如果世间再无停电，那将是对我们带电作业者的最高荣誉。”谈及个人梦想，王进如是说，“虽然我们从事的工作又苦又累，危险也大，但是看到中华大地万家灯火的温馨景象、看到神州处处繁花似锦的盛况，我便找到了自己存在的意义。”

“我只是一名新时代的普通电网工人，在组织的培养与关怀下，做了一点自己应该做的事情。如果取得一点成功的话，那都源于努力。只有努力，人人才有可能成为能工巧匠！”采访即将结束时，王进对自己的这番自我评价，既彰显着谦逊品格，又透露出质朴本色。

王进——这位行走在百米高空的“大国工匠”，用他

光明守护者王进

的职业生涯生动诠释了什么叫匠心，什么叫奉献，什么叫平凡而又伟大。他的成长历程，映射出无数电网工人的身影。他们历经风雨彩虹，守护着万家灯火，照亮着前行的道路。他们或许没有惊天动地的壮举，但他们的每一次登塔作业、每一回深夜抢修、每一次执着坚守，都是这个时代最温情的故事，都是关于劳动最美丽的歌唱。

未来已来，千帆竞发。王进和团队成员将在中国特高压、超高压领域不断书写新的行业传奇。王进和团队成员的故事，必将激励着更多的人笃定信念，向光而行，奔赴事业的星辰大海，共同绘就新时代中国产业工人的壮美画卷!

后　记

2024年11月初的深秋，越野车在奔赴沂蒙革命老区的高速路上风驰电掣。想到即将亲临并见证带电作业现场，我有点心驰神往起来，无暇欣赏公路两旁的无边秋色。

“现在这些年轻人的工作环境比我们当年好多了！”王进打开了话匣子……3个小时的路程，除了穿越隧道时短暂的幽暗，我跟随着王进滔滔不绝的话语，在笔记本上记满了十六七页。是夜，入住莒县酒店，我们两个人接着“侃大山”。个别专业性强的地方，王进就在笔记本上画出一幅示意图。感觉时间一会儿流逝得很快，一会儿又像是静止不动。

这已是我第五次采访王进了，依然有聊不完的话题、讲不尽的故事。

从刚刚出道到深谙其道，从嗷嗷待哺到高空翱翔，从技术“小白”到带电作业世界第一人……电力工人王进高光的背后，是伴随汗水与泪水的无数隐忍，是遭遇困难与挑战的勇毅前行，是直面生与死的义无反顾，更有不懈坚守个人与集体的双向奔赴！

19岁参加工作，27岁带徒弟，34岁获得全国五一劳动奖章，35岁获得国家科学技术进步奖二等奖，36岁被评为全国劳动模范、全国“最美职工”，38岁当选党的十九大代表，39岁跻身“大国工匠年度人物”……20多年来，王进牵头完成超、特高压带电作业400余次，取得发明专利40余项，发表学术论文12篇，创造经济价值超过3亿元……

相信光，追随光，成为光。

“我就是一名普普通通的一线电力工人，在平凡岗位上做了自己该做的事。”这是第一次见王进，从他嘴里说出的第一句话。言语朴实，却字字珠玑，劳动的光芒在这儿得到了完美诠释。

王进是“大国工匠2018年度人物”，之后，同一单位的冯新岩则是“大国工匠2022年度人物”。一个千人单位数年间涌现出两名“大国工匠年度人物”实属难得。而且，王进的得意弟子李敏在2024年又被全国总工会确定为大国工匠培育对象，是全国五一劳动奖章获得者。在这片沃土上，劳模之光辉映，工匠人才辈出，这无疑是国网山东电力超高压公司近年来深耕“劳模身边再出劳模，工匠身边再出工匠”育人理念的入土生根和精彩绽放。

“作为全国劳模和大国工匠的王进，形象是饱满的，但对于王进本人而言，仍有众多的不完美之处。”采访中，这是王进反复讲到的一句自勉词。

在此，祝福王进怀揣初心，继续向光而行。

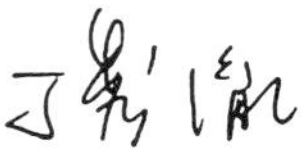

2025年3月